小学館文庫

国防特行班E510

神野オキナ

小学館

目次

国防特行班Ｅ５１０

汝《なんじ》は良き星の巡りの下、生誕し
精霊と火と雨露により創られり

ロバート・ブラウニング「エヴリン・ホープ」

今日よりは顧みなくて大君の
醜《しこ》の御楯《みたて》と出立《いでた》つ我は

今奉部与曾布《いままつりべのよそふ》

▽プロローグ・任務殉職

☆

四年前。


アフリカ南部・ヴィダムナ共和国。

世界がまだクリアな色を持っていた頃。

パーティ会場を見下ろす二階の席に、三輪出雲《みわいずも》はいた。

巨漢である。

身長は一九〇に近い。

自衛隊で情報関係を希望したとき、最初は冗談だと思われたほど、分厚い筋肉が身体《からだ》を覆っている。

体脂肪率は常に十％台だ。

同じ自衛隊の中ではそうでもないが、米軍関係者に会えば、十人中九人が彼を自衛隊の特殊部隊……レンジャーの人間と間違える。

外務省に出向扱いになり、陸上自衛隊に入って以来、五分刈りを初めて伸ばし、今は丁寧に（そして妻と一緒に苦労して）七三に分けて固め、鍛え上げた太い首が目立たないように、微妙に角度のついた襟のシャツに、高価なタキシードを着こなしている。この南アフリカの小さな国、ヴィダムナの日本大使にくっついての駐在武官、というのが今の役回りだ。

自衛官としては礼服のほうが楽だ、と愚痴をこぼすと、

「服装を選ぶ自由はない。我々、下っ端の諜報《ちょうほう》部員なんて、そんなものだろう？」

三輪出雲の愚痴に、そう言って、アメリカ大使館の駐在武官、キリアン・クレイは笑った。

ギリシャとアイルランドの血が僅かに混じっている。

見るからに優男風だが、拳のあちこちは硬い皮膚が盛り上がり、左手の人差し指には激しい拳銃の訓練で出来たタコを削った跡がある。

これでもＣＩＡだ。腰の後ろには目立たないようにＳ＆Ｗの八連発のリボルバーが納まっている。

「そうそう、君のいう所の『醜の御楯《シコノミタテ》』というやつだ……確か、戦いに傷つきボロボロになった盾のことだったっけか。千年の昔から僕らのような下っ端は酷使される」

出雲は苦笑でその言葉に応じた。

バックバンドが「イン・ザ・ムード」を流している。

何処《どこ》までも高い、ドーム型の天井と、そこから下がるいくつもの、家一軒ほどもありそうなクリスタルのシャンデリア、調度品も含め、バロック調で統一された豪奢《ごうしゃ》な室内。

大理石の床の上で複数名の男女が、一九五〇年代のようなゆるやかなチークを踊っていた。

外は四十度近い暑さだというのに、ここはクーラーが効いて寒いほどだ。

真っ昼間にパーティが行われているのは、この国の情勢が不穏すぎて、夕暮れ以後は外出禁止令が出ているからに他ならない。

その現実を隔絶するためか、さらに壁には最新の16K画質モニターが全面に埋め込まれ、この迎賓館のすぐ側《そば》を流れる大河の風景を映している。

貧困層の住むスラムが見えない巧妙なカメラワークで、大河の流れ、そこを行き来する船、彼方《かなた》に広がるジャングルだけが映り、壮大な気分にさせてくれる。

人種は様々だが、アフリカ系が多いのは、ここがアフリカ大陸の小国にある迎賓館ゆえだ。

これよりさらに五年前に、アフリカでは珍しく無血クーデターで、軍事政権から民主政権に変わった、ということを内外にアピールし、外貨獲得の足がかりになるべき場所。

日本大使は、外務大臣を長く務めたこともある元総理大臣の子息だけあって、「側にいる人間の衣装もこちらの甲斐性《かいしょう》だ」と、駐在武官である出雲の礼服にポン、と数百万を放り出した。

おかげで、ゆったりとしながらも腰の部分が優雅に細く見える上、布地も最高級の品に袖を通している。

出雲からすれば札束を着ているようで神経を使う。

「いいスーツを着て、パーティに出る。ジェイムズ・ボンドもイーサン・ハントも、映画の冒頭と中頃にはそうしてるだろ？　シコノミタテが珍しく飾って貰えるんだ」

「俺は諜報部員じゃない」

出雲が建前で答える。

各国大使館の駐在武官——日本では防衛駐在官、と呼ばれる——の役割は、外務公務員法第六条及び「外務職員の公の名称に関する」省令第三条により「在外公館に勤務し、主として防衛に関する事務に従事する職員」とされる。

平たく言えば、防衛省から出向で、一時的に各国大使の指揮下に入り、大使や大使館関係者の護衛を赴任先の治安維持機関と連携しつつ、日本の防衛関係の連絡も行う、という「制服を着た事務方」という側面を持つ。

この「防衛に関する事務」の中には表だって明記されていないが、一種の合法、非合法諜報活動も含まれているのはもはや暗黙の了解である。

だからキリアン・クレイは、初対面の時から、あっさりと自分がＣＩＡだと明かしていた――その開けっぴろげさは少々出雲を戸惑わせていたが。

「なあイズィー」

出雲、という名前は呼びにくいので、キリアンはイズィーと呼ぶことにしていた――この辺もアメリカ人らしい。

「君は真面目だなあ、だからこそ異例の出世で駐在武官に任命されたんだろうが」

キリアン・クレイは大学時代に映画俳優を目指したこともある、と初対面の挨拶でぬけぬけと言ってのけたが、それが嘘《うそ》には思えない。

実際、二枚目な上に立ち振る舞いも優雅で、洗練されている――もっとも、アメリカ中央情報局・ＣＩＡの、駐在武官に任じられるレベルの人間、というものは概《おおむ》ねそういうものではあるらしい。

キリアン自身に言わせれば「妻の実家が政治家で任命された」ということらしいが。

二ヶ月前、着任の挨拶でアメリカ大使館に大使と同行した時から、かなりフレンドリーに接してきてくれている。

いきなり異国――それも、英語すら通じない国に放り出される形になって、出雲はともかく、妻の真奈美《まなみ》にとっては、アメリカ人らしい楽天家で、日本語も堪能なキリアン・クレイ夫妻は、ひとつの救いだ。

特にキリアンの妻は外交的で真奈美とも積極的に打ち解けている。
まさにアメリカの、裕福な大使館員の夫婦のイメージそのものだ。
もっとも、出雲からすれば、その「典型的《らしさ》」こそが怪しいのだが、すくなくとも妻はそれで納得してくれている。

今も少し離れた壁際で、キリアン夫人と談笑している姿が見えた。

「だが、僕の目はごまかせないぜ？　日本の自衛隊《セルフ・ディフェンスフォース》で、三十代で少佐（三佐）に昇進なんて、ありえない人事だってことぐらい、僕らにも判《わか》る」

日本の自衛隊は、軍隊であることを否定しているため、その階級制度も独特だ。
同時にそれは戦火をくぐったことがない軍隊として、年功序列システムが強固であることも示している。

確かに、今の出雲は三等陸佐。他国の軍隊で言えば少佐にあたり、通常の自衛隊ではあり得ない……どんなに若くても、なるのは四十になってから、だ。

正直に言えば、一番戸惑っているのは出雲自身である。

「まあ、年がら年中どっかで戦争やってるうちの国はともかく、君の国の軍人は、何か手柄を立てたら左遷か退官だろう？」

的外れのようで、それでいて的確なキリアンの言葉に、思わず出雲は苦笑する。

自衛隊において「英雄的活動」を個人が行った場合、それは大抵の場合、結果として退官を意味することが多い。

東日本大震災の際、有名な「自衛隊十万人体制」を発令し、一万九千人を救助した火箱芳文《ひばこよしふみ》幕僚長は、同年退官したし、メルトダウンを起こした福島第一原発に一五〇〇トンの冷却水を輸送する「オペレーション・アクア（別名・真水作戦）」を遂行した、海上自衛隊の「ひうち」の艦長以下乗組員たちに、特に勲功奨励が行われたという話もない。

前身である大日本帝国軍の失態と、敗戦の結果が一〇〇年近くも尾を引いている結果だが、何ごとにつけても、まず軍人が賞賛されるのが当たり前のアメリカ人からすれば、異様にも見える光景だろう。

「やはりそれは武士道《ブシドー》の内包するマゾヒズムが根幹にあるのかい？」

無邪気と言えば無邪気、無礼と言えば無礼な発言だが、出雲はますます苦笑いを深くして首を横に振った。

「君らだって、何があっても大量の銃を手放さないじゃないか。俺らから見れば、銃器の保有率とそれを使った犯罪の多発にもかかわらず、法規制《コントロール》を嫌がり、国会議員までが反対するアメリカの状況が異様だよ――つまりはそういうことだ。お国柄という奴だよ」

「それを言われるとリベラル寄りの僕としてはぐうの音もでないね」

タカ派の巣窟のCIAらしいジョークを口にしてキリアンは笑った。

「リベラル？」

「ああ、だから八連発のS&Wで我慢してるんだ」

そう言ってキリアンは腰の後ろを軽く叩《たた》いた。

そこに納まっているのはS&WのM627PCの3インチカスタムだ。

学生時代から射撃競技にも夢中で、IPSC《イプシック》という国際実用射撃連盟の大会にも出場して二度優勝している。

一度彼の射撃動画を動画サイトで見たが、確かに恐ろしく速くて正確だ。

「銃と言えば、この前送った奴はどうだい？　自衛隊で使ってた奴だろう？　懐かしいかい？」

「違うよ。自衛隊で採用してたのはSIGのP220だ」

「ああ、そうなのか、素直にミネベアP9を注文しておけばよかった」

「そんなことをしたら、君の年俸が吹っ飛ぶぞ」

　自衛隊の使用していたSIGザウエルのP220は、海外の銃器研究家および軍人たちには、日本国内でライセンス生産しているミネベアミツミ社の名前をとってミネベアP9と呼ばれる。

　最大の特徴は、スライドから覗《のぞ》く薬室の部分に桜の刻印がされていることで、武器輸出禁止条例の中、「なぜか」国外に流通した僅か数挺《ちょう》には、もともと高価なSIGの銃に桁が二つほど違う金額がついているのだが、自衛隊が装備改変でH&KのSFP9に変わったこともあって、未《いま》だに値上がりを続けているという。

「だが、この210Aはいい銃だ」

　そういって、軽く、出雲はタキシードの脇を叩いた。

　SIGP210はP220と同じく、銃把《グリップ》の底に弾倉留《マガジンキャッチ》めがあるが、P210Aは、トリガーガードの付け根、親指の届く位置へ、ボタン式となって改良されている。

　全体のデザインも一新されたが、銃身をカスタマイズすれば即、オリンピックの射撃競技に使えるほどの精度と性能は変わらない。

　護衛が行うべきは敵の殲滅《せんめつ》ではなく、護衛対象の保護と避難だ。

　だから、警護の人間が普段身につけているべきは、弾をばらまく多弾倉自動拳銃《ダブル・カーラム・オートマチック》ではなく、正確に敵対者のみを撃つことが出来る銃、というのが出雲の出した結論である。

これと予備弾倉が三本。あとは常に持ち歩いているスーツケースの中に納めた、H&KのMP5のKモデルで対応するしかない。

撃ち尽くすまでには敵が倒れているだろうから、その武器を奪う、もしくは他の軍隊ないし、警官が来るまでの間護衛対象を守りつつ逃亡するという割り切りである。

その考えに、このP210Aはピッタリだった。

とはいえ、出会ってそんな話をした僅か一週間後に、大使同士の会食の終わった後、「プレゼントだ」と、この銃の納まった木箱を渡されたときは面食らったが。

アメリカ人らしい「贈り物」と言えた。

大慌てで「日本人らしい贈り物」として、出雲は岡山の刀匠、月山《がっさん》の日本刀を送ることになって、幸いこれをキリアンは喜んでくれた。

「気に入ってくれて何よりだよ……あの日本刀に比べれば安いものなんで恥ずかしいがね」

などと、キリアンは照れたような笑顔を見せた。

これだけで、女子高生ぐらいは失神しそうだ。

「まあ、兄貴分の国への贈り物としてはそういうものだろ？　ただし、妻には内緒にしておいてくれ」

妻に金銭面での苦労や心配はかけたくない、というのが出雲の信条だった。

曲は、イン・ザ・ムードからリメンバー・ミー・ディス・ウェイに変わった。

「あの、出雲くん」

妻の真奈美がオズオズと近づいてきて言った。

「閣下が『踊ってきなさい』って……」

大使館において、職員の間でなんとなく滋賀村行信《しがむらゆきのぶ》は、その父のように「閣下」と呼ばれており、真奈美もそれに倣っていた。

父が「外交の滋賀村」の異名を取った人物で、外務大臣の前は同じ様に各国の大使を歴任していた外務省のエリート、幼い頃から父に従って移動した国の中には情勢不穏な所も多いため、肝は据わっている。

もっとも、当の滋賀村はこの呼び方を苦手としているのだが。

「あ、そ、そうですか、真奈美さん」

出雲は照れて頰を掻《か》いた。

結婚して三年になるが、いまも「お前」「あなた」的な呼び方が、ふたりとも受け入れられず「出雲君」「真奈美さん」で通している。

おそらく自分たち夫婦はこれでいい、と出雲は思っていた。

「すまんが、ちょっといってくる」

と、キリアンに言い置いて、出雲は妻の手を取った。

夫婦でソシアルダンスを憶《おぼ》えておけ、と、この任務に就くときに上官の藤井寺《ふじいでら》陸将に言われたが、素直に従っていてよかった、と思う。

「本当にそうよね」

そのことを口にすると、真奈美は踊りながら微笑《ほほえ》んだ。

「陸将さんには本当に御世話になりっぱなし。そろそろこちらから何か送らなきゃ」

くるりと彼女を回し、受け止めながら出雲は頷《うなず》いた。

「そうだな、あとで何か見繕うことにしよう」

元々ふたりとも運動神経は悪くない。

出雲は陸自だから当然として、真奈美は高校時代まで、陸上部の中距離走のエースだった。

だから、ダンスは無難に踊れる。

そうして二曲ほど踊った後、出雲はキリアンの所へ戻った。

大使は未だにこの国の産業大臣と話し込んでいる。

「君は本当に愛妻家だよ」

キリアンは手にしたグラスを干し、通りすがるバーテンダーのトレイから新しいのを取る。

ハーフカットしたライムがグラスの縁にささり、氷が浮かんだダイキリ。

「キリアン、君は本当に酒が強いな」

パーティがはじまってかれこれ三杯も飲んでいるのに、キリアンの顔色は変わった風もない。

「遺伝的に肝臓が強いらしい。ま、親父《おやじ》は僕が十二のころには依存症になって、商売に失敗して首を吊《つ》ったが」

笑っていいのか、流すべきか迷うジョーク——あるいは事実——をキリアンは口にしながらウィンクした。

返す代わりに、出雲は周囲を見回した。

ほんの一瞬、違和感があった。

東京なら、アメリカなら、気にしない程度の事。

「ところで、気付いているか？」

「ああ、今気付いた」

この国は男尊女卑が根強い。

公式な場に、女性が給仕をすることは、特に禁止されている。

来賓と主賓の妻以外、女性はいたとしても厨房《ちゅうぼう》の中に隠される。

それなのに、男装した女性の給仕が一人、会場を横切って行った。

何名かいるのなら、人手不足を誤魔化しているのだと思うが、一人だけというのが気に掛かる。おまけに、肌の色は黒いが、顔立ちもアフリカ系というより、キューバ系だ。

「R・リュー」

キリアンがある名前を口にした。

世界的に有名な傭兵《ようへい》……PMCで、同時に金さえ積まれれば、どの思想の、どの陣営にもつくといわれている。

チームを率いているリーダー二人のコンビ名であり、片方は南米系の女性だという。

「やつか」

「多分な……退避したほうがいいぞ」

「それは君の国もだろう」

いいながらも、出雲は席を立った。

キリアンも並んで歩く。

ふたりはそれぞれの妻に声をかけた。

「どうしたの？」

キリアンの妻は顔色一つ変えなかったが、出雲の妻はそうもいかなかった。

ここで、曖昧に「大丈夫だ」といっても意味はない。

妻も以前は防衛省の情報本部に勤めていた。

総務部の事務方だが、出雲との付き合いの中で、それなりの心配りはできる。

「危険が迫っている、逃げよう」

だから、短く言った。

「はい」

ぎこちなく頷いたが、妻の顔には明るさがほのかに戻っていた。

出雲の信頼が、彼女にも響いている。

非常時でも、そのことに嬉《うれ》しさを見いだすことを忘れない——彼女はそういう女性だった。

「大使」

ちょうど日米双方の大使は、ヴィダムナの外務大臣を間に挟んで談笑していた。

「閣下、本国から緊急無電です」

と出雲は英語でいい、

「大使、お時間です」

とキリアンが囁《ささや》いた。

緊急事態であると察しつつ、表面上はおっとりと、日米大使双方ともに鷹揚《おうよう》に頷き、外務大臣に失礼を詫《わ》びて退席する。

控え室に待っている運転手と、事務官のひとりと合流しながら、クロークからアタッシェケースを受け取る。

中身について誰何《すいか》されないのは、外交官だからだろう。

彼等の足が速くなったのは、迎賓館の扉が閉じた後だ。

「どういうことだ？」

日本大使の滋賀村行信は、硬い声で囁くように訊ねた。

「四号です」

着任後、大使との間のみで通じるようにいくつか作った単語を、出雲は口にした。

一号が、日本国内での政変、二号が災害、三号が大使館内での事故、事件、四号がテロの予兆である。

「わかった」

地下駐車場へ向かう白一色の窓のない通路で、キリアンたちと別れた。

人員の豊富なアメリカは、すでに玄関先に車が回されている。

日本大使館の車は地下駐車場にある。

優雅に玄関先でまっている余裕はない、という判断だ。

出雲は、ＭＰ５Ｋの納まっているアタッシェケースをしっかり握り込んだ。

Ｈ＆Ｋ社の特製品で、ケースを開けずとも、取っ手の部分にあるトリガーを引けば、即発砲できる仕組みだ。

リムジンに乗る。ケチで有名な外務省だが、大使の血筋を考慮してか、車は防弾耐爆仕様の特注品だ。

それでも爆発物センサーと、鏡を使って車体をチェックする。

地面に伏せて裏を直接見ながら、地下駐車場の湿った、河の匂いを出雲は感じた。

日本の河の匂いと違って、どこか埃《ほこり》っぽい。

事務官も爆弾発見の訓練は受けているので、手分けしたため、ほんの二分ほどでチェックは終わった。

「問題ありません」

「奥さんもこちらへ……ちと狭いが」

と大使は気を配ってくれた。

「ありがとうございます」

頭を下げて妻を車の後部座席へいれた。

妻がシートベルトを締める音を聞きながら、まずは安心する。

助手席に滑り込み、スーツケースからMP5を取り出す。

バレルの上、ホールド状態にあったボルトを叩いて初弾を薬室に送りこむ。

「大使、念の為《ため》耳栓を」

慌てて後部座席の物入れが開かれ、人数分の耳栓が配られた。

会話などの低い音はある程度、聞こえるが、高周波に属する爆発音などはカットしてくれる。

車の中で出雲が銃を撃てば、その音は鼓膜を損傷させかねないからだ。

出雲も胸の内ポケットから耳栓を出して塡《は》める。

「大使館まで飛ばしてくれ」

「はい」

運転手の倉田《くらた》は、厳しい顔でステアリングを握った。

この男は、自衛隊から出雲が引っ張ってきた。

自衛隊が派遣された中東の紛争地帯で、物資輸送のトラックを二年運転していただけあって、度胸は据わっている。

「行きます」

アクセルが踏み込まれた。

車が加速する。

出雲は窓を開ける。

同時に銃撃音が聞こえた。

「はじまったか」

どうやら、危険な状況からは脱出か——迂闊《うかつ》にも出雲はそんなことを考えた。

地下駐車場の入り口にけたたましいブレーキ音を立てて、古い、マツダのマルチバン・ボンゴが道を塞ぐように横付けされた。

間髪入れずに出雲は窓から腕を突きだし、MP5Kを撃った。

助手席でAKを構えようとしていた覆面の男が銃弾を顔面に受けてのけぞり、運転席の男が銃を抜こうとするのへ、さらに弾丸を叩き込む。

ひと弾倉打ち終え、ダッシュボードの中の予備弾倉を叩き込みながら出雲は車から降りた。

心臓が、こめかみに移ってきたような感じで、血管がどくどくと動いているのを認識する。

瞳孔が開ききって世界が明るい。

「あなた！」

叫ぶ妻に「車を動かす」と告げて、運転席に廻《まわ》って死体を放り出す。

人を撃ったのは初めてだったが、自衛官としての義務感と緊張が、全ての感情や罪悪感を出雲の中から遠くへ放り投げていた。

その感情が戻ってくるときには、安全圏にいなければならない。

出雲は車をチェックした。

年代物で、ドアが落ちそうなほどに錆《さ》びていて、運転席こそ血まみれだが、ボンゴのエンジンはまだ動いている。

そのまま、ハンドルを切って、出口からどかせるとリムジンがすり抜けた。

こういう時には大使の命優先、自分を待つ必要はない、ということは、倉田や妻にも申し合わせてある。

「これで追いかければ……」

そう思ってチラリとバックミラーを見たとたん、出雲の心臓が跳ね上がった。

後部座席いっぱいに、富士の総火演（総合火力演習）で見たことのある木箱が詰まれている。

アメリカのC4爆薬。

木箱には丁寧にドリルで穴が開いて、何十本もの配線が出ており、その全てがガムテープで固定された、デジタルの起爆装置に集中するようになっていた。

カウントダウンは五分を切っている。

出雲は一瞬混乱した。

威力からすればTNT火薬の一〇〇トンに相当する分量だ。

暫《しばら》く前、ベイルートの港で爆発した、硝酸アンモニウムの破壊力の三分の一。

地面をすり鉢状には出来ないまでも、この迎賓館を丸ごと吹き飛ばせる分量の爆薬だ。

このまま棄《す》てて必死に走れば、と思い、無駄だと思う。

逃げても爆風に巻きこまれる――映画と違い、爆風は吹っ飛ばされて地面に転がってしまい、とはならない。

その時、視界に河が映った。

スマホを取りだし、妻の番号を押す。

『あなた！』

「俺は無事だ、とにかく大使館まで逃げ込め、派手な爆発が起こる……大使を頼むぞ」

一瞬、何かひと言付け加えるべきだと思いながら言葉が出なかった。

「――愛してる」

滅多に口にしない、その言葉を言い終えるよりも先に、何かが助手席の窓から飛びこんで来た。

シートの上に置いたMP5を踏みつけるようにして、その小柄な影は出雲のこめかみ目がけてナイフを突きだしてきた。

掌《てのひら》で受ける。鋼《はがね》が手の中にすべり込むおぞましい感触が、骨から肘、脳へと伝わる。

貫通する刃物の痛みより、怒りが出雲を動かした。

「何しやがる！」

チンピラのような言葉を吐きながら、出雲はその相手に頭突きを見舞った。

避《よ》ける場所はない。

人影は古く、錆び付いて脆《もろ》くなった助手席のドアを背中からぶつかって吹き飛ばし、外に転がり出る寸前、ドアフレームに手をかけて、断崖絶壁をゆく猿《ましら》のように戻ってきた。

「邪魔するな、イエロー！」

英語。そして真っ赤に染まったキューバ系の美貌。

格好はウェイター。

出雲が不穏な空気を察知するきっかけになった女だった。

その手に、魔法のように中型拳銃が現れる。

モーゼルＨＳｃ。第二次大戦時にモーゼルがワルサーＰＰＫに対抗して将校用に作った拳銃だ。

出雲の右手がＳＩＧを抜いた。

撃鉄を起こした瞬間、銃弾がこめかみの辺りを削った。

朦朧《もうろう》としながら、それでも引き金を連続して絞った。

血臭が鼻の奥からつん、と匂い、それに濃厚な硝煙が混じる。耳栓のお陰で音が遠い。

のけぞった頭を戻しながら、出雲が見たのは、額に穴をあけて呆然《ぼうぜん》としている女の顔だった。

(女を、殺してしまったか)

そして、どすんという衝撃が運転席側にきた。

金属が潰れ、こすれ、ひしゃげる悲鳴のような音がしたのも一瞬。

車はガードレールを突き破り、橋から河へと落ちていった。

数分後、川の底の泥に突っ込んだバンは大爆発を起こし、巨大な水柱があがった。

その水圧により、真上にあった迎賓館への橋は半ばから吹き飛び、さらに付近を通りかかった船が三隻、それに巻きこまれて沈没した。

こうして、三輪出雲は「殉職」した。

▽第一章・対象死亡

☆

三輪出雲が殉職して四年後。

東京の某所で、そろそろ中年、と呼ばれることにも慣れてきた四十男が、血まみれで家に戻ってきた。

「どうしよう、父さん」

彼は父に報告した。

この二十年近く、自分のように、一流大学に入ることが出来なかった息子を、冷たく見ているだけの父親に対して、無言で過ごす日々だったが、これだけは言わねばならなかった。

「どうしよう、父さん」

全てをつっかえつっかえ、しどろもどろながら、何とか説明し終えて、もう一度、彼はくり返した。

涙が溢《あふ》れる。

恐ろしかった、これから何が起こるかさっぱり判らない。どうすればいいのかも判らない。

暗闇の中に、放り込まれた思いだった。

「や、やっぱり警察に」

言葉を言い終える前に頬が鳴った。

「落ち着け、馬鹿者」

この所、仕事も定年退職が近づき、どこかボンヤリしていることが増えてきた様に見えた父親は、彼の大学時代までの、炯々《けいけい》とした目の光を取りもどして言った。

「まずは服を脱いで風呂に入れ。服は私が処分する。母さんを起こすな。起きそうになったらいつものようにぶっきらぼうに応対しろ。うるさいとか、黙れババアとか言えばいい」

父親の指示に、自分自身への細かい観察が入っているのを知って、彼は驚いた。

口も利かない、目も合わせないようになって五年経つが、息子のことを把握はしていたらしい。

嬉しい、と思う半面、恐ろしいと思った。

数年前、父から自分の本当の「仕事」を打ち明けられたとき、その「仕事」の様々なコツを教わったが、その殆《ほとん》どは「無関心でいないこと」につきる。

あらゆる人のあらゆる行動を見、記憶し、結びつけていく。

仕事仲間、友人、知人、家族……例外なく。

その膨大な労苦は殆どが無駄になる行為。千に一つ、万に一つに成果になるか、ならないか。

それが長生きの秘訣《ひけつ》なのだ、と父に言われ、最初は父が超人のように思え、興奮したが、じきに自分がそれをやらされるようになると、これこそ化け物の所業だと思った。

六十を越え、表の仕事の定年が近づいて、さすがに父親もその能力が鈍った、と思っていたのだが。

「早く行け。大丈夫だ、警察は来ない。だが十五分以内に風呂を済ませろ、血を落とせ、全部な」

言いながら、父は庭に面した客間に置かれた電話機を取った。

以前、表の仕事を変える前には、よくここから父が、あるいは父の客が電話をしていたのを思い出す——当時、まだ携帯電話は珍しい存在で、通話料も高かった。

「何をしている、早く風呂に入れ」

そう静かに言いながら、父は手元も見ずに特定の番号を素早くプッシュしていた。

☆

電話は固定電話からのものだった。

やっぱり何か起こったか、とR・リューは微笑む。

頭からすっぽりと顔全体を覆うマスクの位置を直し、再固定しながらきっかりコール三回で受信ボタンを押す。

『「当番《バティ・ステーション》」か？』

盗聴防止のスクランブラーのハム音を背後に、日本人なのにブルックリン訛《なま》りの英語が聞こえて来た。

「そうだ」

『息子が……いや22《トゥエンティ・トゥー》が残留交渉《Rネゴ》に失敗した。DYが発生してる。始末を頼む』

「Bか？　Cか？　Mか？」

『Bだ。おそらく日本の公安《コーアン》が始末に来る、それまでに、いやそれごとやってくれ』

「派手なお願いだな」

『私は君たちの仕事を受けて三十年間、一度もこの番号を使わなかった、意味は判るだろう？』

「わかった、いうとおりにしよう。電話を切れ。五分でそっちに行く」

電話の相手が息を呑《の》むのが判った。

こういう場合、必ず「十五分」というのが通常だ。

だが今のリューはもっと早く到着出来る——だが、近すぎることが判れば却《かえ》って電話の相手は混乱する。

混乱は愚かな行為を生む。だから五分にした。

『どういうことだ、知ってたのか？』

「何処の国もそうだが、我々のような商売をやる者の腕は長い、憶えておけ」

相手が何をいう暇も与えず、電話を切った。

「ボス」

部下の一人が声をかける。

「予定通りにことを起こす。幸い、発注が入った。これで天下御免の正式な仕事だ。

俺達はツイてるぞ」

マスクの下で、彼《リュー》は笑顔を浮かべた。

☆

出雲にとって、普段の世界は、灰色に閉ざされている。

あれから四年。

アフリカで死んだ筈《はず》の、三輪出雲一等陸佐は生きていた。

今は秋もそろそろ終わりな東京の片隅で、トヨタのプロボックスバンの後部座席に、揺られている。

「俺達、下っ端なんてそんなものだろう？　醜の御楯、という奴だ」

緊張感を紛らわせたい、バンの運転席の部下の不満に、出雲は静かに答えた。

夜の明かりに照らされた、そろそろ四十になろうという横顔は、四年前と同じ厳《いか》つい骨格に丁寧に鞣《なめ》し革を張ったような、若々しい作りであると同時に、以前と違って毛筋ほども動かない表情が、それよりも十歳も老けているようにも見える。

髪は短く、鍛え上げた首が太い。癖っ毛で、ポマードなどで撫《な》でつけるのを止《や》めた髪型は、丁寧に櫛《くし》を入れても、何故《なぜ》かビジネスツーブロックパーマをかけたように見える。

カシミアのタートルネックセーターに、グレーのダスターコートなのは、気取っているからではなく、これからの仕事に必要な衣装で、なおかつ自分が動きやすい服を選んだ結果だ。

コート自体は特殊な繊維で織られていて、ライフル弾ぐらいなら停《と》めてくれる。

足下は頑丈で音を立てない、量販店で売られているワークブーツ。

軍用品として売られているコンバットブーツよりも、量産されていて入手しやすく、優秀だ。

何よりも価格が安い。

「定時で帰れなくても、帰れても、結局、仕事の都合には変わりはない」

他愛のない話だった。この仕事に就いてから、帰りが遅くならない日と、なる日の区別がつかなくなって、妻が浮気を疑っている、とかいう話だ。

「そうですが……醜の御楯も辛《つら》いですねえ」

ハンドルを握る早田《はやた》に、

「まあ、あれだな、メッセンジャーで一時間おきにでも『愛してる』と言ってやれ」

助手席に座った出雲の副官、苦労人がしわ深い顔に出ている村松《むらまつ》陸曹長が、苦笑いしながらアドバイスした。

都内は今日も賑《にぎ》やかだ。世界はあれこれディテールが変わったものの、つい去年の自粛騒動などウソのようにも思える。

このバンの中の定員オーバーの六人、そして後ろを走るもう一台の六人、合わせて十二人。

全員が陸海空の自衛隊から集められた「始末屋」だ。

防衛省内の「不祥事」を始末する専属の「自衛隊第三特殊情報偵察評価群・五一〇臨時特別行動班」の仕事である。

長ったらしい名前と、「五一〇」という番号に意味はない。

この部隊を設立させる遠因となった人物の名前からの駄洒落《だじゃれ》だ。

自衛隊員にして、この部署に配属された時点で全員が日付のない辞表を提出している、半分は自衛隊員ではない「幽霊の部隊」。

近年、人事権を内閣に握られてしまったため、独立性を保てなくなった内閣情報調査室に愛想を尽かした自衛隊の一部幕僚と防衛省の事務次官が極秘裡《ごくひり》に組織した部署だ。

目的地が近い。

「ラジオを少し大きめにしてくれ」

運転席の部下に頼み、バンの中、出雲はスイス製の、ＳＩＧザウエルＰ２１０Ａのスライドを引いて初弾を装填した。

流れていく夜の町の風景からの明かりで準備は十分に出来る。

完全な暗がりでも、出雲とその部下たちは問題がない。

ラジオはニュースになっていて、「スマートシティ」の実験が筑波《つくば》の臼井《うすい》にある、広大な実験場で始まった、と告げていた。

名称は大げさにも日本神話の神々の国の名を取り、「タカマガハラ」という。

最新鋭の量子コンピューターまで動員しての大騒ぎだ。

気温、交通、人々の健康など、全てがAIで制御され、人間はただ働くことだけに集中出来る都市だ、と政府の偉いさんが発表した談話を、アナウンサーは垂れ流していた。

「未来の街か」

呟《つぶや》いて、出雲はスラリとしたSIGの細いスライドを数秒見つめた。

最初は漆黒の鏡のように輝いていた表面だが、夜戦で目立たぬように、出雲自らの手で、つや消し黒のスプレーを吹いて、今は真っ黒だ。

四年前から、三輪出雲にとって、輝きというものは一切無縁になった。

今時の複列弾倉では不可能な、薄くて握りやすい単列弾倉《シングルカアラム》の納まった、木製のグリップを握り直し、左脇の下のアップサイドホルスターに納めた。

ナイロン製のホルスターは湿気の多い日本ではありがたい。

そして、腰の後ろに真一文字に固定したナイフの位置を確かめる。

中に収まっているのはホーグのコンバットナイフだ。

七インチ（十八センチ弱）の使い勝手の良いドロップポイント・ブレードは、Ａ２ＴＯＯＬスチールを使用した代物で、手入れは少々気を遣わねばならないが、靱性《じんせい》に優れている所が、気に入っている。

出雲の静かな猛獣を思わせる横顔には、何の表情も浮かばない。

部下たちはその表情を見て、どこか安堵《あんど》しているようだった。

常に冷静沈着、勇猛果敢な隊長である、と。

だが出雲自身は美しく青みがかったスライドを引いて戻した瞬間から、自分の体内を巡る血の温度が上がるのを感じている。


自分を取り巻く灰色の世界に、少しずつ色が戻ってくる。


二年前、妻が死んだのを確認して以来、自分が「生きている」と自覚するのは、こういう時だけになった。

いや、そもそも妻が生きていた……あるいは生きているだろうと思っていた頃は、「生きている自覚」とは無縁だった。

記憶を失ってアフリカの裏社会に生きていたときでさえ、彩りははっきりとしていて、自分の生を自覚することすらなかった。

今は違う。

荒事が起こるときだけ、全ての視界に色彩が戻り、全ての音がクリアに聞こえてくる。

今の自分が「死人」なのだと改めて感じる。

SIGの安全装置をかけ、腰の後ろのホルスターに納め、次に同じSIGザウエルのMCXを切り詰めたRattler《ラトラー》を点検する。

ガラガラヘビを意味するラトラーの愛称は伊達《だて》ではない。

折りたたみ式の銃床に、通常の半分以下に切り詰めた銃身とハンドガード。

一見するとまるで軽機関銃のように見えるが、消音性と着弾衝撃に優れた亜音速弾《サブソニック》、300ブラックアウト弾を使用するこの銃は、小型アサルトライフルとして、今、出雲が駆け抜ける戦場において、重要な道具となっていた。

出所は堂々とした場所からだ。

防衛装備庁が設立されて以後、「将来のために」と世界各国から集めている銃器の一部である。

銃口先端には特殊なアダプターが装着され、それによって自動車のオイルフィルターを使った減音器《サブレッサー》が装着されている。

自動車のオイルフィルターの構造は、実をいうとサプレッサーとほぼ同じなのだ。

当然、効果も等しい。

皮肉にも、日本国内では、洒落として玩具銃用に売られているこのパーツは、アメリカ国内では今年に入って法律が改定され、政府機関の特定職員以外は、持っているだけで犯罪になる。

サプレッサー――昔は完全な消音が可能という誤解からサイレンサーとも呼ばれた――とは、それほどに「犯罪」、なかでも「暗殺」目的の道具なのである。

「慣れませんね、隊長」

「隊長か……慣れないな、どうにも」

出雲は無表情に答えた。

自衛隊において隊長、と呼ばれるのは小隊長からだ。彼等の部隊はせいぜい「班」のレベルでしかない。

「とはいえ、部隊ですから、われわれ」

そんな他愛のない会話をしながらも車内には緊張がみなぎっている。

これまでの仕事と違い、今回は「対象保護」という仕事だ。

統合幕僚監部に潜りこんでいたスパイ……いわゆる「エス」が自ら出頭と保護を願い出て、出雲たちはその「エス」を保護しにいくのである。

当然、罠の可能性、あるいは「エス」が裏切ったことを察した、他のエスや「飼い主」が対象を始末しにくる可能性もある。

出雲たちにその「エス」の存在が知らされたのは二時間前、名前と居場所が教えられたのは二十分前……上層部は、今回の件について情報漏洩《ろうえい》を酷《ひど》く怖《おそ》れている。

統幕と言えば自衛隊の頭脳であり決定機関。そこに「エス」が紛れ込んでいたとなれば前代未聞のスキャンダルになる。

とにかく、防衛省としては公安よりも先にその「エス」を保護し、徹底的に取り調べをし、公安に渡して良い話と、隠匿しておくべき話を区分けした上で、公安警察に渡したいらしい。

公安調査庁が、次世代の育成と、中でも法的手続きシステムへの対応に失敗して、ドンドン弱体化し、内閣人事院に人事権を完全掌握された内閣情報調査室が、その機能の独立性を低下させ、さらには情報共有会議という名目で情報および諜報活動の情報を共有協力するという集まりが有名無実化しつつある今、公安、防衛省、外務省は互いの脚を引っ張らぬよう、そして同時にいつでも引っ張れるように三すくみの状態になりつつある。

（これが、俺達の部署の天王山だ）

出雲は、高揚しすぎないように、首から提げた妻の指輪を、服の上から握り締めた。

簡素な十八金の指輪だ。裏側には「MANAMI IZUMO 0608」と刻まれていて、それをオリーブドラブのパラコードで結んでいる——位牌《いはい》代わりだ。

同じものを刻んだ指輪が、かつては出雲の指にもあったが、南アフリカで失われてしまった。

（俺達の部署が出来た後に、このことが持ち上がったのは幸運だった）

ひょっとしたら、すでに公安が嗅ぎつけたかも知れない。だが、そうなったが最後だ。

「省が庁に逆戻りしかねん」

出雲の上司は真顔で言った。

場合によっては、銃口を公安に向ける必要があるかも知れない。

と、出雲の携帯電話が震えた……スマホも持ってはいるが、「仕事」の際は、車を降りる直前、ファラデーケージと呼ばれる、金属の箱に全員がスマホを預けている。

GPS機能などをOFFにしておいても、万が一の場合調べられるためだ。

携帯電話にその機能はない。正確には基地局から三角測量で調べることが出来るが、それは「事後」になる。

だから、出雲は仕事の時だけ携帯電話を持つ。

そして「仕事」時の携帯電話の番号を知っているのは、出雲本人とその上司のみ、の筈だが、表示された電話番号を見て、出雲は上司ではないと悟った。

四年前に教えて貰《もら》った番号である。

最後にかかってきたのは二年前、妻が死んだことを知ってお悔やみを言いにかけてきた時だ。

『やあ』

声は相変わらず、金髪で、灰色の目と鼻筋のあたりに、少し中東の血が混じったエキゾチックな美男子のものだった。

「キリアン・クレイ。久しぶりだな」

出雲はピジン・イングリッシュ丸出しで相手に応じた……数年間の海外生活で、美しい発音に意味はない、通じれば良いという見識を得ている。

「よくこの番号が判ったな？」

『我々はＣＩＡだぜ？』

「日本政府と俺のプライバシーは無視か」

『ああ、そうだ。何しろ……』

「『俺たちは醜の御楯だからな』ってことだな？」

出雲の口元に皮肉の笑みが一瞬浮かんで消えた。

『いや、そういう意味ではなく、今回のエスは我々にとってもかなり感心が深い、出来れば個別に尋問させてほしいと君から上司に伝えてくれないか、と言いたかったんだ』

戸惑うようなキリアンの声に、出雲は僅かな満足と、彼の自分への気遣いを感じて申し訳なく思いかけ、自分の甘さに辟易《へきえき》した。

気遣いは全て表向きのことだ。日本人ならそうすればどう思うかを理解しての擬態に過ぎない——キリアン・クレイは陽気でスマートなアメリカ人である以前にアメリカの権謀術策の最先鋭、ＣＩＡの局員なのだ。

『我々《ＣＩＡ》の上司はどうも日本に対しては高圧的に出ればいいと思い込んでいるからね』

「極東アジアは基本、強気に出ないと廻らないからな。うちの国も図々《ずうずう》しくやり過ごすのが得策と、建前と本音を使い分けない政治家と官僚が増えたよ」

『で、どうだろう？』

「このタイミングで君らが連絡してくるんだ、無視すれば怖い事になるのは、うちの上司も判るさ」

恐らく、このエスをＣＩＡに引き渡せば、戻っては来ないだろう。

ＣＩＡとはそういう組織だ。

面倒見がよく、乱暴で、粗雑な兄のような存在……いや、ＣＩＡが所属する、アメリカという国自体がそういうところを持っている。

もっとも最近政治のほうでは、ひどくこすっからい、商人の面が強く出はじめてはいるが。

だが、公安に持って行かれるよりはいい。

『安心したよ……それじゃ、成功を祈る』

笑ってキリアン・クレイは電話を切った。

「隊長……？」

「我々は、アメリカ《ビッグブラザー》の掌の上ってことだ」

クビを傾《かし》げる部下をよそに、出雲は上司の番号をダイヤルした……自衛官になって情報本部に配属されて以後、機械に誰かの電話番号を記憶させるという行為は自ら禁じている。

「自分であります」

名乗らずにそう言うだけで話は通じる。

今さっきのキリアン・クレイからかかってきた電話の内容を説明すると、出雲の上司である藤井寺陸将は、予想通りに苦笑いの気配を返してきた。

『仕方あるまい。我々はまだ、内調ごっこをしている段階だ。向こうに引き渡すまでの二十四時間で因果を含めるしかないな』

ＣＩＡでも国防総省でも、アメリカがこの手の要求をして来た場合、猶予時間は確保のあと、大統領でも暗殺されない限り、二十四時間しかないのは、公安でなくても知られている事実だ。

「自分もそう思います」

『では予定通りだ、頼むぞ』

「はい」

☆

『仕方あるまい。我々はまだ、内調ごっこをしている段階だ。向こうに引き渡すまでの二十四時間で因果を含めるしかないな』

『自分もそう思います』

『では予定通りだ、頼むぞ』

『はい』

荻窪冴子《おぎくぼさえこ》は、ヘッドセットから聞こえてくる会話に薄い唇を侮蔑の形に歪《ゆが》めた。

(隙がありすぎる)

内調が内閣に人事権を握られて以来、その主な働き場所を、野党はもちろん、政府与党内の派閥情報の収集にまで割くようになり、その能力が低下して数年。

近年は内調と並ぶ大きな情報組織と自他共に認めていた公安調査庁も、初期の優秀な人材――皮肉にもその殆どは、公安警察同様、戦前戦中の悪名高き「特高警察」の生き残りだったのだが――の大量なる定年退職をきっかけに、諸々《もろもろ》あってその能力を失いつつある。

故に公安警察、特に冴子の所属する「ゼロ」と呼ばれる非合法部署の重みは増している。

潜入捜査をし、工作を行い、時には全てを「処理」する。

対象とされるのは日本という国家の敵すべて。

思想を問わず、国籍を問わず、立場は――たまに問う。

上層部はこれによる日本国内の諜報活動の活発化を懸念し、かつこの期を逃さず独自の諜報機関を設立しようと画策する外務省と防衛省を含め、各省庁の動きも牽制《けんせい》している。

冴子が今日、命じられたのもそういう「調子に乗った」動きの牽制――出来れば「灸《きゅう》を据える」ところまでの任務だ。

近年、その重要性が増してきている防衛省にとって、国外の動きはともかく、国内における対諜報活動への直接介入は一種の悲願と言って良い。

だが、公安警察から見れば、すでに戦後八十年近くが過ぎ、今さら防衛省が独自機関を作って介入するのは、ただでさえ諜報機関の統合再編を望まれている現状においては非常に迷惑だと言える。

まして近年「ネット右翼」と呼ばれるような、左翼思想以上に危険で即物的――早い話が、過激で幼稚な思想をもつ人間を、幹部候補生の講師として招き入れ、思想汚染が自衛隊の各幕――各幕僚監部の教育部門に浸透しつつある現状において、彼等に諜報活動への介入を許すことは、多くの公安関係者にとって忌避すべき事態に他ならない。

（挙げ句の果てが、我々が提供した盗聴防止装置をそのまま使う、というこの体たらくでは、到底無理）

この世界に足を踏み入れて十年、「女だてらに」という言葉が未だに生きるこの世界で第一線に立ち続け、覚悟のない玄人と、何も知らない素人が介入してくることがどれだけの厄災を振りまくかは理解している。

「先にかっさらいますか？」

「それも悪くはないわね」

部下の言葉に冴子は頷いた。

「尻ぬぐいよね、早い話」

そして、同時に冴子はこれが一種の派閥争いであり、政治の駆け引きなのだとも思う。

諜報や国家安全の世界でも、民間企業の世界でも、結局こういうことは起こる。人が動かす以上、根回しや脅し、後始末を装った恩の押し売りは必要なのだ。

そのことが腹立たしかった。その手先になる連中も含めて。

☆

目的地は白金台《しろかねだい》の端っこにある一角だ。

車を停めて、革手袋を塡めた手に、MCXを入れ、ジッパーを開けたボストンバッグをもち、出雲たちは降りる。

顔はスキーマスクで被《おお》った。

乗ってきたバンのナンバープレートは偽造のものに付け替えた上、ランプをわざと外してある。

この辺りの監視カメラの類いはすべて警備会社に繋《つな》がるもので、すでに五分前から「不慮の回線工事のため一斉にダウン」という状態になっている——幸いにもこの辺の警備を引き受けている大手会社の重役たちは、防衛省のOBだ。

高級官僚や政治家も住む白金台だが、その端っこともなれば、それなりに庶民の家が建ち並ぶ——とはいえ、ただの庶民ではない。

かつては、そこそこの地位にあった官僚たちの家だ。

その一軒の家の前に、出雲は降り立った。

ダスターコートの、内側に備え付けたクリップでMCXは吊《つる》してある。

そしてポケットに入れていたゴム製のシューズカバーを、ブーツの爪先から踵《かかと》まで引っ張って被《かぶ》せる。

こうすることで靴跡が残らない上に、非常時にはグリップが効く。激しい戦闘になれば破れるが、そうなったら靴跡よりも生き残るほうが先だ。

二階建て、庭付きで一〇〇坪はありそうな、贅沢な家である。

防音性能の高い二重窓や玄関が鋭角でスッキリしたラインで構成された、いかにもバブルの残光残る平成初期に造られた建物だった。

「幕僚監部のひとりなんですかね？」

「わからん。捕まえて見れば判るだろう」

この辺になると、昨今は暴徒や犯罪を怖れて、表札も出さない。

その一軒も表札はなかった。

自衛隊としては、これからとんでもない箇所に手をつけることになる。

マスコミにバレればこれは「隠蔽工作」だ。

だが、極秘裡に処理しなければ、自衛隊最大のスキャンダル。

「大手術だな」

改めて思う。

（いつまで、公安が見逃してくれるか）

出雲の上司の藤井寺と彼に連なる者たちは、自衛隊の中にイギリスのMI5のような、防衛省と警察関係と連携した、本格的防諜組織を作りたい、としている。

これまであちこちに分散して「解釈」によってしか国内のスパイを「ご退去」願うしかない状況に関して、与野党内でも話し合いが行われ、そろそろ本格的な、外国のスパイを逮捕拘束するための新しい法案が可決される見通しが、二年以内にたつ、とされている。

通ったとして、今の内閣情報調査室と公安調査庁――いや、その母体である法務省にMI5、あるいはCIAを担うだけの胆力のある官僚が残っているか。

特に公安調査庁は弱体化が激しく、不要論の声もここ数年大きくなってきている。「内閣の顔色を窺《うかが》い、非常用にと計上された予備費を、いざという時が来ても『使うと事務次官になれない』などという迷信を信じ込んで、代々ため込む信心などするような、愚かな官僚たちに支配されてるようでは無理だ」

という、上司である藤井寺陸将の言葉は、正しいと出雲も考えている。

情報本部から駐在武官として二年、そしてそれ以外の事情で二年の月日を、海外での裏社会と情報戦に投じて、結局は丁寧で細かい事態、事情、処置の「切り分け」と苛烈非情の「決断」が必要なのだと。

国家の安全というものを定義し、そのためには、敵とも状況によっては手を結び、味方とも裏切り合うことが出来るか。

そして年々、この国はその「決断」を曖昧にすることを至上とする、官僚や政治家が増えてきたことに対する危機感もある。

この世界において最も甘美な麻薬とは「考えない喜び」だ。

考えないということは「決断しない」ことに通じる。そして「考えない喜び」に、ひとは執着しやすい。

昨日と同じことを今日もやり、明日も行うことで未来があると。

3・11の時から注目されるようになった正常性バイアスと、社会における同調圧力の強さはその「無思考の喜び」の副作用だ。

不平や不満、決断を口にすることは「加害者の行為」であり、決断しないこと、不平不満を解決しないことは「被害者の立場の証明」になっているのだ。

だからといって、自分たちが今やっている非合法な活動が肯定されてはいけない、とも感じている。

非合法ならば、バレなければ何をやってもよい、では、いつか暴走するのが人間だ。

（まあいい、ともかく今はこの与えられた任務を成すだけだ）

「全員、これより確保に向かう」

出雲は喉に巻いたスロートマイクのスイッチを入れた。

これなら声に出さなくても全員のヘッドギアに聞こえる。

「証拠は残すな、家は焼く。目撃者は家族であろうと逃すな。万が一逃げられそうになったら、射殺しろ」

全員の肩に、緊張が走った。

自衛隊員としては最大の禁忌……自国民への攻撃を命じられたのである。

「相手の話では今日、家族は留守らしい。だから、戻ってくるのであればそれは仲間か、エスを始末しに来た連中ということになる、姿形に惑わされるな」

四年前の出来事が脳裏をよぎる。

土壇場のテロリストやエスは命を捨ててかかっている。

命がけというのは精緻な思考を生むこともあるが、殆どは自暴自棄、愚かな行為も愚かとは思わない。

「俺は奴らよりも、お前たちの命が大事だ、死ぬな」

そういうと部下たちの顔が引き締まった。

「村松。嵐《あらし》、井手《いで》、曾我《そが》と友利《ともり》、甘木《あまぎ》を連れて裏手へ回れ。藤《ふじ》、早田、古橋《ふるはし》、諸星《もろほし》、桐山《きりやま》は俺と来い」

全員から返事が来た。

門を開ける前に、村松曹長に率いられた五人は、塀を乗り越えて庭へと侵入した。

チャイムを押した。

反応がない。

「開けるぞ」

鉄の門扉を開けると、微《かす》かな音が立てられる。

家の中は静まりかえっている。二階の書斎にだけ、明かりが灯《とも》っていた。

人影が無い。

嫌な予感がした。

出雲はドアではなく、庭先に廻《まわ》った。

水槽よりは大きな池と、庭木がある。

果たして、庭先に面したアルミサッシは開いたままだ。

秋にしては寒い夜に、こういう家の主が、こんな状況下で窓を開きっぱなしにするはずはない。

構わず中に踏み込む。

自分たち以外の、靴の痕跡はない。

応接間に、この世代の官僚ならありがちな、碁盤や将棋盤がないのは珍しい。

嫌な予感は膨れあがった。

自分たちの靴も、痕跡を残さないための工夫がしてある。

MCXをコートの内側から取り出し、安全装置を解除した。

「四号発生、総員突入、戦闘開始、くり返す、戦闘開始。対象者と味方以外は撃て！　味方以外は撃て！」

裏口のドアが開く音を聞きながら、出雲はMCXを隙なく構えつつ、二階へと昇った。

敵の待ち伏せを警戒するが、それよりも、血臭が出雲を決断させた。

昭和が濃厚に香る、ブラウンの壁紙と、すり切れ色あせた絨毯《じゅうたん》が敷き詰められた書斎の中に入る。

扉を開けると壁沿いにずらりと本棚と、何かを置いていたらしい、がらんとした、背の高いガラスケースが口を開けていた。

広い十二畳はある書斎の真ん中に鎮座する、応接セットのテーブルの上に、五十代後半の壮漢が、うつ伏せに倒れ、白髪の後頭部を血に染めていた。

横に転がっているのは、これまた昭和を思わせる、分厚く重いクリスタルの、だいぶ使われていない灰皿。

書斎に入るときに煙草《タバコ》の匂いはなかったから、禁煙して長いか、もとから来客用なのだろう。

声をかけるよりも先に、出雲は首筋に手を当てる。

脈はない。呼吸の音も聞こえない。

部下たちが背後で息を呑むのが判った。

「目標死亡、撤退する、ノートPC端末《たんまつ》を回収しろ」

部下の一人が、壁際に置かれた机に駆け寄る。

「ありません、電源だけです！」

「その前に、挨拶をしてほしいわ」

書斎の入り口から声がした。

振り向いて銃を構えるが、相手もすでに構えていた。

セミロングの髪を襟足でひとまとめにし、冷たい、切れ長の目をした、二十代後半……いや、三十代あたまの女と、出雲たちと同じ様にスキーマスクの男ふたりが、H&KのサブマシンガンMP5KPDWを構えている。

短く切り詰めた銃身には太いサプレッサーが装着されていた。こちらもオイルフィルターを使ったものだ。

太く短いが高級品で、消音性能が自分たちのものよりも高いのが、出雲の癇《かん》に障る。

同時に、正体が知れた。

自分たち同様、サプレッサーにオイルフィルターを使うような予算の限られた集団は、同じ国に所属している証明だ。

「……あんたらが『ゼロ』か」

答えはない。それが解答だった。

公安警察で非合法な工作や捜査を行う連中を俗に「チヨダ」あるいは「ゼロ」と呼ぶが、彼等自身は決してそう自称しない。

自衛隊の現役レンジャーが決してレンジャーと名乗らないのと同じだ。

存在しない部署であり、捜査官だからである。

「下にいたうちの連中はどうした？」

「すり抜けさせて貰ったわ」

出雲は口をへの字に曲げた。

たった三人とはいえ、すり抜けられてしまったのだとしたら、これは由々しき問題になる。

何しろ、裏口から突入して下にいた連中の中には元とはいえ、レンジャー部隊員もいるのだ。

捜査で公安に負けることは覚悟していたが、こういう「戦場」で出し抜かれるのは困る。

だが、すぐに気がついた。

そんなことをするのは不可能だ。

それに、部下には覆面を被せた状態で、自分だけ顔を露出させているのはなぜか。

撃たせないためだ。

だとしたら、「すり抜けた」という言葉がハッタリだと考えれば無理がない。

「待ち伏せしてたな?」

女の顔が苦笑を浮かべた。

「筋肉馬鹿じゃなさそうね」

どうやら図星だったらしい。

「で、何故殺した?」

「違うわ。私たちが来た時には死んでいたのよ。そこへ、あなたたちが踏み込んできた」

「……警戒して、隠れていたら俺達だと判った、というわけか……で、これから撃ち合いでもするのか?」

「いいえ、殺人が起こったら、一般市民がやることをしてほしいだけ」

「つまり?」

「お巡りさんに通報して、その場を立ち去るか、捜査に協力して欲しいの」

「君たちじゃなく、か?」

女の笑みが深くなった。

「そういうことよ」

「断る、といったら?」

ふたりが睨《にら》み合う……その最初の一秒がはじまった途端、窓ガラスが砕けた。

書斎だけではない。

家のあちこちからだ。

「伏せろ!」

目の前でふたつ、その窓ガラスを砕いたものが跳ねた。

500ミリリットルのビール瓶に液体を詰め、布きれを押し込んで火を付けたもの
……火炎瓶。

絨毯に跳ね返って割れはしなかったが、中身の液体は溢《こぼ》れだし、布の火がつく。

その前に、出雲は火炎瓶をすくい上げ、窓へ投げ返した。

庭先で砕けて炎があがる。

池に落ちてくれれば良かったが、そうはいかなかったらしい。

革手袋についた液体が燃えたが、はたくと消えた。
だが、庭や一階では次々と炎の広がる音がした。
『火炎瓶です！』
「判ってる！」
怒鳴り返す出雲の耳に、銃声が轟《とどろ》いた。
さらに壁に穴が開いた。
遠距離狙撃《ロングスナイプ》されている。
出雲は咄嗟《とっさ》に天井の明かりを撃った。
暗闇が部屋の中に満ちる。
だが、それでも狙撃は続き、壁に次々と穴が開いた。
確実に狙う位置が下がってきている。
こっちの動きを予測しているのだろう。
壁に開いた穴から、もうもうと、煙のように建材の粉が舞う。
口元を押さえた。
公安の女の部下が倒れる。
頭の反対側に拳大の射出口が開いていた。
（338ラプアか、厄介だな）

アメリカを筆頭に、西側の各国で使用される狙撃用の弾丸である。

思いながら、出雲は部下たちに応戦を指示した。

「山中《やまなか》！」

女が声をあげるが、残った部下ひとり同様、死体にそれ以上固執せず、そのまま床に伏せたままになる。

撃ち返そうとしないのは、彼女たちもこれが狙撃だと理解しているからだろう。

持っているMP5の9㎜パラベラムでは、射程距離でも威力でも、象狩りにも用いられることもある338ラプアを使うような狙撃銃の相手にはならない――この状況からして、

（いい判断だ）

と出雲は評価した。

「隊長、襲撃者！　五人……」

部下たちの苦鳴が聞こえる。

「敵襲！」

「どういうこと？」

「ゼロ」の女が油断なく周囲を警戒しつつ訊《たず》ねる。

「このエスの雇い主が全てを始末しに来たんじゃないのか？」

「まさか？」

「公安やゼロなら慣れてるだろう、こういうことは？」

「冗談でしょ？　ここは日本よ、そんなこと……」

さらに銃声。部下たちが応戦しているのだろう。

「あんたらは部屋を出て裏の窓から出ろ。頭をさげていけ。狙撃される」

「……！」

さっきまで余裕を見せていた女の顔がやや強張《こわば》ったが、すぐに無表情に戻った。

（いい根性してる）

この修羅場で冷静さを保つのは難しい。

「自衛隊でしょ、手榴弾《しゅりゅうだん》もってない？」

「壁をぶち抜くつもりか」

「そのほうが安全」

「バカを言え、手榴弾なんて持ち歩くか」

「あら」

中国語の叫び声が聞こえて来た。ＡＫ74独特の甲高い銃声と共に、近づいてくる。

伏せた床から熱が伝わってくる。

一階が燃えているのだ。

煙が上ってきた。

肺の奥を刺すような匂いは、建材の中にある化学物質のせいだろう。

出雲はスキーマスクを取り去り、口元をポケットから取り出した黒いマスクで覆った。

いまや乱戦は必至だ。

正体を第三者にさらす危険より、味方に撃たれる危険を避けたかった。

部下たちも、同じようにするのが、視界の隅に映る。

このご時世のお陰で、一見すると市販品と区別がつかないデザインの、簡易防毒マスクも流通するようになっている。

煙の中の有毒成分を分解し、暫く無害に変えてくれる。

ただし、通用するのは五分間だけだ。

煙は、瞬く間に部屋を埋め尽くす。

炎の音はパチパチ弾けるものから、轟々《ごうごう》としたものに変わり始めている。

「今だ、逃げるぞ。窓から出ろ」

「狙撃されるわよ！　階段から逃げたほうが！」

「一階の俺の部下は、全員敵にやられたか、負傷して撤退した」

出雲は想定される事実のひとつを冷たく口にした。

「つまり今、階段で下に降りていけばＡＫで武装した敵と真っ正面から撃ち合いになる。９㎜じゃ話にならん。数も不明だ」

言いながら出雲はＭＣＸに安全装置をかけて背中に回した。

「今なら煙が外に出て、狙撃はむずかしい。俺らはこれにかける」

両脚を広げて膝を曲げ、腕を固定したまま、膝を伸ばすように死体の側にある二人がけのソファーを引き起こした——腰に負担をかけずに重いものを動かすときの基本だ。

そのまま、ソファーを前に抱えて窓へ向かって突進した。

派手に残ったガラスを、窓枠ごと吹き飛ばしながらソファを窓から投げ捨てると、間髪入れずに窓から身を躍らせる。

その間に、庭先に落としたソファーが銃弾を喰《く》らった。

窓のすぐ下にある庇《ひさし》部分で受け身をとり、半回転して、足から着地する。

目の前に、ふたり敵がいた。

スキーマスク、防弾ベスト、そしてＡＫ。

突如落ちて来たソファーに反応して発砲し、それが何かを理解して一旦射撃を止め、ソファーに近づいたところへ、出雲が降ってきたのだ。

距離はほぼゼロ。

一瞬の間が、相手に生じた。

迷わず、出雲は身体を低くしつつ、素早く一歩前に踏み込みながら、左手でSIGP210Aを引き抜き、撃鉄を起こした。

同時に右手で腰の後ろの鞘《さや》に納めたホーグのコンバットナイフを引き抜きざま、ふたりの敵とすれ違う。

相手がこちらに反応しようとした時、左手のSIGで片方の顎の下から一発撃ち込み、右手はもうひとりの喉元にホーグの分厚い刀身のナイフを叩き込み、横に掻ききった。

相手の胸元から、中国語の叫びが聞こえる。

胸元に下げた小さなスピーカーから、叫びが上がっていた。

「一時確保、警戒降下!」

出雲はSIGをホルスターに戻し、MCXを構え、安全装置を外しながら叫んだ。

同じようにして降りてきた部下が発砲する。

部下の弾丸は家の中から出てこようとした、スキーマスクの敵の首元に当たり、相手は倒れた。

最初の二人とおなじく、防弾ベストにコンバットブーツ、完全に夜間戦闘装備だ。

こいつも倒れてもなお、中国語の叫び声があがっている。

庭の反対側から別の男がAK74を構えるのが見え、出雲はそちらに銃弾を叩き込んだ。

ついでに、先ほどソファーを落とした時に壊れて中から飛びだしたものを拾ってコートの内ポケットに入れた。

その間にも出雲の放った銃弾は、相手の防弾ベストの胸に当たった。

M4アサルトライフルなどで使われる5・56㎜よりも、遥《はる》かに着弾停止力《マンストッピングパワー》に優れた銃弾を食らい、男は一瞬よろけてAKの先台《さきだい》から左手を離したが、

「FUCK……」

そいつは英語で悪態をつきながら再びAKを構えようとする。

出雲は迷わず相手の太腿《ふともも》を撃った。

がくっ、と膝を突く瞬間、俯《うつむ》いたその脳天に二発。

倒れたそいつから、また中国語の叫びが聞こえた。

「なんだ、これは？」

倒した相手のスキーマスクを次々剝ぐが、そこにはアジア系の顔があるだけだ。

「お、お父さん！　お父さぁん！」

玄関から声がした。

さらにけたたましい銃声と悲鳴。

出雲は炎をあげる家の中に、息を詰めて駆け込む。

熱気が身体を包み込む。マスクを棄てて、中の空気を吸い込まないようにする。上で思っていたほどではなかったが、それでも家の中はだいぶ火に包まれていた。床の炎が天井まで広がり始めている。

ものの五分もすれば消防車でも手に負えない事態になるだろう。

家の中を駆け抜ける。

家族写真やカレンダー、壁に飾った水彩画が燃えている。

客間から廊下に出たとたん、玄関で銃を構えていた敵が振り向く顔面へ、MCXの銃弾を撃ち込んだ。

相手のAKが、断末魔の咆哮《ほうこう》をあげて、天井や床に穴をあけていく。

相手の死体を突き飛ばして外へ出る。

四十代後半の中年女性と、中学生らしい少年、そして高校生らしい少女が折り重なって倒れていた。

先ほど見た、死んだエスの家族写真の中にいる人々だった。

恐らく、家族ならではの直感で、何事かを感じて戻ってきたのだろう。

三人とも秋物のコートを着けていたが、質素とも言える地味な色合いとデザインだった。

エスの家族らしい、目立たないものだった。

駆け寄って脈を取るまでもなく、中年女性は額と胸、中学生らしい少年は後頭部と背中に、それぞれ数発の弾丸を喰らって絶命していた。

微かに、一番下になっていた少女が呻《うめ》く。

どうやらAKの弾丸は、彼女の前に立っていた二人によって、少女には致命傷を与えなかったらしい。

一瞬迷ったが、自衛隊員としての本能が、出雲を動かし、少女を死体から引き剝がす。

左肩に銃創が見えた。

そのまま家から一〇〇メートルほど引きずるようにして移動し、電柱の陰に少女を持たれかけさせる。

その間に、再びスキーマスクを被った。

「あ……う……」

朦朧とした目が、出雲を見た。

「大丈夫だ、君は助かる」

言いながら、出雲は自分の上着を脱ごうとし、戻って母親と弟の死体からコートを剝がした。

弟のコートを少女の肩にかけ、母親のコートをナイフで切り裂いて、圧迫止血用の布を作る。

清潔感は、このさい無視した。

現代日本だ、南米の奥地や中東の僻地《へきち》ではない。最新治療がすぐに受けられる。

それに、サイレンの音が聞こえていた。

救急隊員が来る、数分の間、もてばいい。

「さあ、ここを自分で押さえるんだ。しっかり、いいね？」

「……はい」

虚《うつ》ろな声で少女は応えた。

「お母さんと、士郎《しろう》……弟は……」

「君は助かる、大丈夫だ」

確定しつつある、一つの事実だけを告げ、質問には答えないまま、出雲は立ち上がった。

部下の村松が追いかけてくる。

出雲は踵《きびす》を返して走る。

合流して、バンに向けて走った。一台残っている。

「何人残った？」

「五人です」

村松が即答した。

「嵐と諸星、早田がやられました。武器は回収してあるそうです。それと古橋、井手が負傷……といっても、ふたりとも防弾ベストのお陰でひどい打撲と骨折程度ですが。それよりも桐山さんが重傷です」

「どこを撃たれた」

「右の太腿ですが、骨をやられたようで」

「まずいな」

「だから藤を付けて病院に直行させました」

「残りは甘木に曾我、友利、そして君か……公安の連中はどうなった？」

「ちゃっかりしてますよ、仲間の死体かついで、私らの後から逃げ出してました」

「まあ、死にはせんだろ」

出雲はバンの運転席側の車体裏に手を入れ、ネオジム磁石でくっつけていた予備の鍵を取った。

「しかし、パソコンを持って行かれました」

村松が残念そうに言う。

「それよりもいいものを拾ったよ」

エンジンをかけながら、出雲はコートの中から先ほど拾ったものを取り出した。

古くて分厚い、B6サイズのノートだ。

数年前に製造が終了したもので、全てのページを開いたらしく、背表紙がよれている。

「あの年代の人間は、秘密を隠すときにはパソコンを使わない。パソコンを使っていたにせよ、中身の大半はここにある」

「そうでしょうか？」

「なんで応接セットでうつ伏せに死んでいたと思う？」

出雲の言葉に暫く村松は考えていたが、ああ、と膝を打つような表情になった。

「なるほど、殴られて致命傷を負ったときに、最後の意識のうちに、重要書類の場所へ？」

「秘密で商売しているような人間は、緊急時には最大の秘密を隠した場所に足が向く」

「公安がわざと残したんじゃ？」

「いい疑い深さだ。だが、あいつらのあの様子じゃ、恐らく向こうが死体を見つけたのとほぼ同時に俺達がやってきたと思う」

答えながら、出雲は警戒を解かない。

まだ世界がクリアな色に満ちていた……本能が、まだ状況が終わっていない、と告げているのだ。

「だから電源だけ残してPCを確保した……余裕があれば電源ごと回収して、PCがあったという痕跡すら残さないのが上策だからな」

そのとき、出雲は背中に粘っこい殺気を感じた。

急ブレーキを踏んで、一瞬蛇行して停まるバンの中、頭をさげる。

銃声がして、先ほどまで出雲の頭があった位置を銃弾が掠《かす》め、窓ガラスが撃ち抜かれた。

「隊長！」

MCXを構えて村松が銃声のしたほうへ発砲すると、塀の上、それまで家の影だとばかり思っていた部分が動いた。

影は、フードをかぶり、顔には真っ黒に塗装したホッケーマスクをつけた、黒ずくめの狙撃手を、するりと街灯の明かりの中へ生み出す。

背中に素早くボルトアクション式のライフルを背負うのが見えた。

距離は五〇メートルはある。

だが、その瞬間、出雲を見つめた男の目の鋭さ。

人気のない町の街灯に、一瞬、灰色の目を、出雲は見た気がした。

「この野郎！」

ドアを開いて、MCXを構えて外に出た村松を「止めろ」と出雲は停めた。

「今は撃ち合いしている場合じゃない。もうすぐ警察も来る」

言って車をバックさせ、村松が乗り込むのを見て走り出す。

世界が、ゆっくりと灰色へもどっていく。

「ありゃ、いったい何処の国の奴なんでしょうね」

なおも警戒を解かない村松の疑問は、出雲の疑問でもあった。

▽第二章・夫婦追想

☆

出雲は爽やかな朝を迎えた。

ケトルの鳴る音。ベッドには陽射《ひざ》しが注ぐ。

埃の匂いなどどこにもない、清潔なシーツ。

起き上がる。

糊《のり》の利いたパジャマがシーツに擦れ、ふわりとしたスリッパを履いてキッチンまでいく。

途中、ドアの前にあるハンガーからカーディガンを取って羽織った。

☆

冷たい泥に頭まで浸《つ》かっているような眠りから、出雲はゆっくりと目を醒《さ》ました。目を開ける。

一ヶ月は洗っていないシーツ。

パジャマではなく、そのまま肌着のままで、ベッドから抜け出る。

自衛隊員として、シーツをそのままにしていくのは後ろめたさと、気味の悪さがあったが、あえて無視することにも、もう慣れた。

☆

「真奈美さん、悪い。今日は俺の当番なのに」

部屋を出ると、まな板を包丁が叩く音がした。

電動スライサーやフードミキサーがあるのに、と思いつつ、廊下を歩く。

「いいのよ、この前、体調が悪かったときに三日連続でやってくれたでしょう？」

エプロンを着けた小さな背中。後ろから見ても腹部が横に丸く膨らんでいるのが判る。

「すまない」

「もう、そんなに謝らないの」

「あ、うん……」

曖昧に頷きながら、洗面所に行く。

大急ぎで顔を洗い、シャワーを浴び、服を着替える。

皺のないシャツに袖を通し、アフターシェーブを頬に叩くとぴりっとした気分になる。

「準備できた」

いちいち報告してしまうのは、台所に立っている女性が身重だからだ。

運動しないのも問題だが、アクティブに動いていい身体ではない。

☆

肌着のまま、ベッドルームの片隅に置いたトレッドミルを三十分ほど走り、柔軟の後、ベッドに両脚を置いて角度をつけた腕立て伏せを二〇〇回、腹筋を三〇〇回。

一〇キロのダンベルを握って各種運動を三〇回ワンセットにして五回ずつ。

心は死んでいるが、それでも身体を動かさないとスッキリしない自衛隊員の習性が染みついている。

バスルームに向かいながら、キッチンを通り過ぎる。

二年前に設置したまま、一度も開いたことのないブラインドから差し込む朝日は、冷たい。

ベッドルームと違い、そこは整然としていた。

出雲は自衛隊仕込みの徹底した掃除を、暇を見つけてはやっているからだ。

☆

ブラインドは開放されて、朝の爽やかな陽射しを招き入れている。

「はい、できたわよ」

二年経過しても毎日丁寧に掃除されて新品同様のテーブルの上に、皿が置かれていく。

クロワッサン、目玉焼き、ウィンナー。そして山盛りのサラダにコーヒー。

「ありがたい」

出雲は結婚してずっと、毎朝そう言ってる。

本心だった。

「いただきます」

両手を合わせて食べ始める。

朝はテレビをつけない。朝から昼にかけてのワイドショーは物事を誇張しすぎていて、仕事の前から疲れるからだ。

ラジオがちょうどいい。

充電している妻のスマホから流れる音に耳を傾ける。

どうやら、世界は大したことにはなっていないらしい。

少なくとも、防衛省が今すぐ、何かをせねばならない事態は、起こっていそうにない。

「あと二ヶ月か……」

「ね、ホントに男か女か、知らなくていいの？」

差し向かいに座って、同じものを食べながら妻が——真奈美が訊ねる。

「ああ」

出雲は頷いた。

「どっちでもいい。俺と君の子だ。大事に育てよう」

いいながら涙が溢れそうになる。

「男の子なら、サッカーとゲームを教える、女の子なら、真奈美さんが彼女に教えるのを、俺は横で眺めて、頃合いをみてゲームを教えるさ」

「まあ、あなたったら、結局ゲームなの？」

「そうだな。子供が出来たら、俺もゲームをする。それが夢だったんだ」

あははは、と出雲は声をあげて笑った。

少し照れてもいる。

「俺はもう、君と俺の子なら、元気な子であればそれだけで感謝する。世界にだって感謝する。神様にだって。君とその子が生きていてくれるなら、俺はなんでもするよ」

満面の笑みを浮かべて、出雲は言葉を続けた。

「とにかく、俺達の子が、生まれてくるのが楽しみだ」

「元気な子になると思うわ」

そう言って、彼女は愛《いと》おしげに膨らんだ腹を撫で……。

☆

髪の毛のセットに手間はかからない。

昔と違い、七三ではなくなったから、荒っぽく櫛《くし》を入れて終わる。

引き締まった身体に何も纏《まと》わず、水を滴らせたまま、出雲は移動する場所以外は薄く埃の積もった、がらんとしたキッチンを通り、冷蔵庫をあけた。

何もない。ビールもない。

ミネラルウォーターの買い置きさえ数日前に飲み干していたのを思い出す。

灰色の世界にいる時は酔うことさえ希《まれ》だ。だから酒に溺れることさえ、出雲には出来ない。

ゴミ箱にはほとんどゴミもなかった。

月に一回のハウスキーパーが来て、「本当にここに住んでらっしゃるんですか？」と訝《いぶか》しがるほどに、ベッドルームの他、この家は生活感がない。

「……」

やむなく、出雲はコップに水だけを汲《く》んでゆっくりと飲むと、身支度を調えた。

糊の利いたワイシャツは、近所のクリーニング店の定期便利用の賜物《たまもの》だ。

ドレッサーの中においた暗証番号式の金庫を開け、脇の下のショルダーホルスターへSIGを納める。

家の中は暗い。

四年前、妻の真奈美が「こうしたい」といった全てを再現した家だ。

二階建て、八十坪。

庭にはブランコと小さな池。車が二台入るガレージ。オール電化の家で、ソーラーパネルまである。

出雲が駐在武官として、南アフリカに異動と聞いた時、ショックを受けたものの、彼女はすぐに立ち直り、雑誌やパンフレットを切り抜いたスクラップブックを作った。

それを出雲に見せて、

「日本に帰ってきたらこういう家に住みましょ」

と明るく笑った。

実際、出雲も自分は外国から戻ってきたら本省勤務となる、と耳打ちされていたし、それなら都心からは外れるが、通うのに電車で一時間以内、車で二時間のこのあたりがいい、と一緒になって決めた。

具体的なローンの返済を計画し、共済にいた友人に話をつけ、それぞれ保証人も見つけていた。

皮肉にも、真奈美以外は、予想外に全て揃《そろ》った。

出雲は、結局、自衛隊の共済に頼らず、この家を一括で購入した。

殉職したと思われた出雲は二階級特進し、遺族には見舞金と年金……そして、護衛していた滋賀村大使からも分厚い香典が送られてきていた。

真奈美はそれに一切手をつけていなかったのだ。

二年前に戻ってきてからは、さらに防衛省から見舞い金が送られた。上官である藤井寺が寄越した弁護士と税理士がやり手だった上、真奈美自身の貯蓄に加え、「殉職」で相続された出雲自身の四年前までの貯蓄もあって、税金などを引いてもまだ莫大《ばくだい》だった。

それを全て、この家に突っ込んだ。

ここは、出雲と真奈美の「墓」だ。

真奈美と自分が過ごすはずだった時間を、ここに閉じ込め、そこに住む。

外で働いているときはともかく、ここにいる時、三輪出雲は墓守だった。

☆

四年前のあの時、出雲はバンの運転席から落下中に運良く放り出され、近くを通っていたオンボロの貨物船の幌の上に落ちた。

C4の爆発が起きたとき、貨物船はその水柱の余波でひっくり返り、出雲は気絶したまま河に放り出された。

その時に、どうやら何処か、あるいは何かに頭をぶつけたらしい。

さらに、船の破片で背中と足に大怪我《おおけが》をしていた。

爆発から一週間後、下流の病院で目覚めたとき、重傷を負った出雲は記憶を失っていた。

ひどい治安の地区だったから、当然、警察が来るまでに彼の金目のものは全て奪われていたが、ただ一つ、あのSIGP210Aだけは硬く握って離さなかったため、手元に残された。

記憶は失っていたが、英語と片言のアフリカーンスは話せたため、「アメリカ人旅行者ではないか」ということで、アメリカ大使館に連れて行かれることになったが、爆発騒ぎと迎賓館のテロ攻撃からはじまった動乱により、同館は閉鎖。

「すまんが、怪我が治ったなら出て行ってくれ」

傷口を縫い合わせた糸が生体組織に溶け込み、怪我が治ったと診断された半年後、出雲は病院から、SIG一挺を持って路上に放り出される始末となった。

それから、様々なことをした。

道路工事を始めとした肉体労働、ウェイター、仕事があればいいほうで、時には路上で素性の悪そうな奴を襲うことまでした。

身を守るために、SIGを抜く場面も多々あった。

一年半後、特に治安の悪い無法地帯の一角で、用心棒まがいのことをしていた出雲は、国交が回復したのでやってきた日本人サラリーマンの一団がカモられているのを救った。

その時、ギャングたちとの戦いの最中、不意に記憶が蘇《よみがえ》った。

偶然、敵対していたギャングから奪ったのがＭＰ５Ｋだった、というのもあるかもしれない。

ともかく、自分が自衛官であることを思い出し、妻、真奈美のことを思い出した。

とりあえず助けたサラリーマンたちを、無事に日本大使館に送り届ける。

すると、サラリーマンたちのガイドが、慌ててすっ飛んできて、出雲の顔を見るなりポカンとした。

「三輪三佐、生きておられたんですか！」

大使館の運転手をしていた倉田だった。

あれから、外務省の臨時職員の雇用契約が終わって日本で放り出された倉田は、そのままこの国に戻ってきて、ガイドをやっていたのだ。

☆

出雲は家に鍵をかけ、ガレージに駐車してある、ダークメタリックのホンダ・ヴェゼルに乗り込んだ。

堅めの足回りと、CVTならではの低速からのターボが効くことでトルクがよく、街中を走るときの感覚が気に入った。

車を出し、ガレージの扉を閉めると、セキュリティシステムが動き始めたことを知らせるアラートがスマホに届く。

ステアリングを駅前に向けた。

日曜日なので、車は少ない。

「エス」の死から三日が過ぎている。

あれから、上司である藤井寺陸将に報告し、事後処理の手配りを行い、死んだ部下の家族に対する手紙――といってもまさか「エス」の確保に出向いて銃撃されて殺された、とは書けないので「任務中不慮の死を」と書くしかないが――を人数分書いた。

こういう仕事は軍隊で上につくものの務めの中に入っている。

だから定型文も存在する。それを書き写してしまえばいいのだが、どうしても出雲はそれができず、思い出せる限りの部下三人の記憶から、家族が喜びそうなエピソードを交え、紹介してその死を惜しんでいると結んだ。

偽善だとも思う。

実際書いている最中、出雲は何の感情も浮かんでこなかった。

戦っている最中にその死を知らされたときは、頭に血が上るほどに怒りが湧いていたが、それも判断を誤まらせるほどのことはなく、火事になった現場を後にして、とりあえずの安全地帯に入ったと判った途端、全ての風景からまた色が抜け落ちた。

その手紙を市《いち》ヶ谷《や》にある防衛省へ届け、あとは真《ま》っ直《す》ぐ家に帰って寝た。

手紙は検閲を受けた後、何事もなければそのまま遺族たちの元に届けられる。

あとは時期を見計らって遺族の下を訪ね、社交辞令と淡々と対応されるか、罵られるか、泣かれるか、あるいは——ごくたまに、だが——感謝の言葉を聞いて帰る。

部下たちには「休養を取れ」と命じてある。

この仕事は動き始めれば夜討ち朝駆け、時間の感覚が無くなるほどの激務で、命も落とす。だから休むときはバカのように休む。

この二年ほどで、部下たちもいくつか修羅場をくぐったせいか、素直に従うようになった。

色あせた「ソーシャルディスタンス」のポスターが張られた街中を車で移動し、駅に近いコンビニの駐車場に入る。

レジ前のビニール幕も、見慣れた風景となった。

コーヒーと、ホットドッグを買って、イートインに座る。

ここも透明アクリル板で、幾つも仕切られている。

イヤホンをスマホに繋《つな》いで、ラジオアプリを立ち上げる。

数日前の防衛省職員の家の、強盗と火災のニュースは、昨日発覚した、内閣の某大臣による不正融資事件と、再び浮上してきた検事総長の定年延長問題でかき消されていた。

テレビではもっぱら一昨日、某週刊誌がすっぱ抜いた、十代の自称子役と五十代のお笑い芸人の買春騒動がメインらしい。

日曜日のニュースがこれなら、もう「エス」の家が燃えた一件は、マスコミの興味の外にある、ということになる。

以前はネットこそ諜報活動の脅威になるのでは、と、どこの諜報関係もざわついていたが、結局、数百文字で形成される簡易型ミニSNSの流行により、マスコミよりも移り気で深く掘り下げることをしない、という風潮が世間で膨れあがり、今やネットは事件発生から一日たって騒ぎにならなければ消える、という認識だ。

「ネットに落ちてる真実は99％偽物で、たまに本物が落ちているかも知れないが、面白おかしいネタにならなければ、誰も拾わない」

東南アジアの有名なハッカーが呟いたとされるこの言葉が事実であると、諜報関係者は受け取っている。

問題は、マスコミが騒ぐ危険性がなくなったとは言え、誰がエスを殺したか、あの時踏み込んできたのは誰に雇われた存在なのか、そしてエスが何を秘匿し、こちらに打ち明けようとしたか、がさっぱり判らないことだ。

ニュースは次にスマートシティ「タカマガハラ」の本格実験が順調に進んでおり、アメリカの議員団が見学に来るというニュースを流した。

その中には次の大統領候補と目される保守派の実力者が混じっている、とも。

日本が国の威信を賭けて巨額を投じた、5Gの次の次世代通信システムがいよいよお披露目となり、中国が席捲《せっけん》している5Gの市場を覆すべく、アメリカとの本格的な提携を求めるのではないか、と論説委員が結んだ。

（キリアン・クレイが来たのはこのためか）

恐らく、彼は先乗りなのだろう。

出雲と違い、無事に飛行機に乗ってあの国を脱出した彼は、その後、順調に出世コースに乗っているらしい。

ふと、視界の隅にベビーカーを押す夫と妻の姿が映った。若夫婦らしい。

幸せそうに、ベビーカーの中に笑いかけ、機嫌をとっている。

一時は神経質に集団外出を禁止する風潮があったが、二年が経過して日本人は誰もがそれを維持することに「疲れて」しまった。

いまやソーシャルディスタンスも、スティホームも、かけ声だけのものになり果てている。

今年は渋谷《しぶや》のハロウィンが解禁になるという。

出雲はじっと若夫婦が改札をくぐっていくのを眺め、アプリを終了させ、立ち上がった。

空になったコーヒーのカップの中に、ホットドッグの包装紙を押し込み、ゴミ箱に棄てて、外に出た。

今日は霞《かすみ》が関《せき》にいかねばならない。

☆

防衛省は素っ気ないが、警察の庁舎には奇妙な威圧感がある。

警察庁は特に。

出雲がここへ来慣れていないということ以前に、行き交う職員の制服自体にその効果があるのと、背広の捜査員や官僚たちに、高い矜持《きょうじ》がある故なのだろう。

駐車場に車を停め、一階で身分証を提示し、入り口でボディチェックをうけ、ビジターのIDプレートを首から提げると、最上階の会議室へ上る。

SIGと予備弾倉、ナイフは、ホルスターごと、コンビニを出る時にシートの下に隠した。

さらにエレベーターから降り、会議室へ移動すると、入り口に箱を持った無骨な背広の男たちが立っていた。

挨拶もなく、出雲は自分のポケットからスマホを取りだし、箱の中に入れる。

中にはいかにも官僚然とした壮漢たちが席に着いている。

内閣情報共有会議、と言われる警察庁（警備局公安課、外事課）、法務省（公安調査庁）、内閣官房（内閣情報調査室）、防衛省（防衛政策局、情報本部、情報保全隊）の各部門が、それぞれ得た情報と各省庁の対応をそれぞれ共有し、共同歩調する、というための会議——という建前の会議だ。

その証拠に内閣官房からは誰も出席者がなく、仕切っているのが内閣情報調査室の、しかも国際部、国内部の長たる主幹でもなく、副主幹以下ばかりだ。

実際には当たり障りのない情報を譲り合い、重要人物の来日に関する、書類でも十分な伝達事項を口頭とパワーポイントで確認し合う、まさに官僚主義の極みのようなイベント。

出雲は防衛省の情報本部連絡員の代理、ということで出席させられていた。

二階級特進で、階級は一等陸佐だから、十分に参加資格はある。

出雲が席に座ると、情報保全隊の人間が、殺意に近い視線を送ってきた。

自衛隊の内部における防諜《ぼうちょう》活動の要とされている部署である。

この前の「エス」の一件は、表向き、彼等の頭の上を飛び越えて、出雲の所にもたらされたことになっている。

彼等からすれば、出雲のような存在は、それだけで自分たちを危険にさらすおぞましい存在なのだろう。

ただ、皮肉なことに彼等は皆、出雲よりも下の階級である。背広組は、彼の後ろに今の内閣官房参事官のひとり、滋賀村が控えているため、手出しが出来ない。

厄介な幽霊、と自分が陰で呼ばれていることを出雲は知っている。

そして、不思議なことに、今日は席が一つ増えている。

素知らぬ顔で、しかもいつもと違い背広姿なので気付かなかったが、それは出雲の上司、藤井寺陸将だった。

いかにも昭和の男らしく、眉の太い面長で、鼻の穴が大きい。

角刈りが似合う厳つい造形だが、同時に温厚さも感じさせる顔立ちだ。

藤井寺歳済《としずみ》。五十歳。

陸将に昇進する前、出雲が防大を卒業し、陸曹長として自衛隊に入隊したとき、藤井寺から約九ヶ月の幹部候補生学校での教育訓練と約三ヶ月の普通科隊付教育を受けた。

その頃は、陸自の佐官というのに、随分洒脱《しゃだつ》な人もいるのだ、と驚いた。

二十年近く前である。

その洒脱な人物が、防衛省内では妖怪変化のように言われて久しい。

理由が、ある。

戦争のない自衛隊において、防衛大を出て、年功序列式に出世していくと、警察における警部なみに、陸将は増えていく。

困った事に、実戦がなければ、陸将の数は減らないし、活躍する新部署が設立されることもまず、ありえない。

江戸時代にあった、旗本寄合席のごとく、陸将に昇進してもすぐには役に就けない状態に甘んじなければならない。

かくして、最短で二ヶ月、最長でも半年は本庁にある「陸将溜《だま》り」と呼ばれる部屋に席を移し、やがてそこから防衛大学校（防大）の学長や各師団の長などへ転任し、任期を終える。

これまでの「陸将溜り」に止《とど》まった最長は十ヶ月とされているが、この藤井寺は十年近く陸将溜りにいる。

防衛省内で、彼がどういう魔法を使ってそんな不可能な事を成し遂げ続けているのかは判らない。

今は陸将溜りの「ヌシ」と呼ばれているらしい。


もうひとつ、自分に向けられる視線を、出雲は感じた。

ちらりと視線を向けると、公安課の席に座っている女性だった。

目をこらしてみると、「エス」の家であった女公安だった。

気配を消し、味も素っ気もないスーツ姿に、メガネ、髪型も頭頂部にひっつめるようにしているので一瞬、別人に見えた。

だが一年半の異国での記憶喪失時代、出雲はこういう女性ならではの化粧による変化に惑わされない技術を身につけている。

やがて、会議は一時間ほどで終わった。

そそくさと官僚たちは茶番の幕が引かれた会議室を後にする。

「藤井寺陸将」

出雲は、自分の斜め前に座った藤井寺に声をかけた。

「何かあるんですね？」

前置き無しの出雲の言葉に、藤井寺は苦笑を返した。

「ま、そういうことだよ」

いって目配せすると公安課の席の人物が頭をさげた。

眉が薄く、オールバックで痩せぎす。昔見た、日本の吸血鬼映画の主演俳優を思い出す。

理性より冷徹さが前に出た顔だ。

となりには、あの女もいる。

☆

一階下の小さな会議室に出雲と藤井寺は通された。

「ま、今日は早めにすんで良かった」

牧《まき》と名乗った、情報第二担当の副理事官は、そう言って藤井寺に笑いかけ、藤井寺も、

「まあ、こういうのは儀式ですからねえ」

と受けた。

どう考えても腹の探り合い、というわけではない。

（…………何らかの手打ちが終わっているか、それとも個人的な知り合いということか）

出雲はそう察する。

どうやら公安の女のほうもそれを察したらしく、一瞬、咎《とが》めるような目を牧副理事官に向けたが、居住まいを正す。

「実を言うと、公安警察さんとは話が付いてる」

ただの「公安」とは呼ばず、「公安警察」と藤井寺は言った。

「話が付いてる？」

「これまでは、表向きでも話が付いている風を装うわけにはいかなかったんでね。今回の事で互いに接点が出来たんで、交友段階を進めようということになったわけだよ」

「どういうことですか」

出雲は眉をひそめた。

これまでの人生で、どんなに気のいい仲間や上司であろうと、明確な主語を欠いたまま「判っているだろう」と雰囲気に流されて話をさせておいて、碌《ろく》な目にあったことがない。

「自分たちの部隊と公安警察の『ゼロ』の方たちとの間に交流はありませんが」

出雲が言うと、公安の女も、

「私も同じです。彼等との協力や協調をした記憶は過去になく、他の班のほうからも話を聞いたことはありません」

藤井寺と副理事官は苦笑いを交わした。

「相変わらず、我々はその辺、慎重な部下を持ったな」

藤井寺の言葉の後を牧副理事官が引き継いだ。

「これまでのこと、そしてこれからのことは『伍堂《ごどう》ノート』のうちだよ」

「え……」

女の顔色が変わった。

「あれって、まだ続きがあったんですか」

「自分と、仲間五人の処分以降、『伍堂ノート』に続きがあるとは知りませんでした。それも公安警察のほうと共有されているとは」

「まあ、『伍堂ノート』は上下巻、八冊ある。警察庁と、陸自、海自、空自、内閣官房にそれぞれに微妙に内容が違うものがね」

藤井寺があっけらかんと言った。

☆

かつてマスコミから「手足の生えたカミソリ」と呼ばれた名官僚にして、後半生はその調停力と先見の明、野党への太いパイプもあることから、保守派の「伝家の宝刀」とも言われた重鎮政治家、伍堂幸治《ゆきはる》が亡くなる二年前、「今後二十年の、日本の対外諜報及び防諜戦略」をシンクタンク他に密《ひそ》かに依頼して作らせた「預言書」。

そこにはこれから起こるであろう政治、経済の動きとそれに伴う日本の防諜、諜報のシミュレーションが事細かに書き残されていたという。

彼は死ぬ直前に、自ら信頼出来ると選んだ、各省庁数名の人間にこれを預けた。

すでに死の床にあった彼はこう言って笑みを浮かべたという。

「君らナ、困ったときは、これでも読んで笑《わろ》たらええ。この年寄りの考えた妄想の馬鹿馬鹿しさに、日本こんなにアホやない、今の現実のほうがマシや、そう思えるやろからなァ」

この言葉がジョークだったのか、それとも最後まで諧謔《エスプリ》を失わなかった彼の本音だったのかは判らない。

ともあれ、その「書き物」は彼の教え子たちに手渡された。

それを「伍堂ノート」と呼ぶ。

「預言書」と呼ばれるのは伊達ではなく、彼が亡くなってから二十年の政界の動き、世界の動きは、ほぼこのノートにあったとおりだったという。

伍堂の死後、数年を経て、そのことに気付いた彼の「教え子」たちはそのノートに従った戦略を推進し始めた。

その結果のひとつが、出雲の異例の出世と、今率いる部隊の編成である。

「で、うちとしては彼女、荻窪冴子《おぎくぼさえこ》君を『先生』、いや班長とする処理班Fの設立というわけだ」

牧が、慣れない専門用語を使った風で、慌てて言い直す。

「ゼロ」においてその行動を監督する理事官を「校長」、警視庁の捜査官と現場を束ね、指揮する警察庁からの捜査官を「先生」と呼ぶ。

表向き警視庁の捜査官たちの行動を「指導」しているから、という説と、元々、初期の公安警察自体が戦前の特高警察、特に陸軍中野学校と呼ばれた、スパイ専門の訓練機関の人材が多かった為という説があるが、定かではない。

「どこまで『預言書』は指示してるんですか？」

出雲としては「伍堂ノート」を上司たちは神聖視しすぎると感じている。

どれだけ正確に将来を予測していても、伍堂がなくなって二十年以上。書かれていたことは、もう殆ど終わっているはずだ。

第一に、国防はそんなオカルトめいたものを主軸に回すべきものではない。

「公安警察と自衛隊の合同捜査関係を作る、というところまでだな」

藤井寺はそんな出雲の考えを察したらしく、大真面目な顔で言い切った。

「ここから先は我々も判らないが……まあ、公安調査庁が弱体化し、内調が保身に汲々とする現在、日本版ＭＩ５の設立は緊急を要する」

ＭＩ５とは「Military Intelligence Section 5」、軍情報部第五課の広く知られている古い略称で、イギリスの防諜組織「保安局《SS》」のことである。

英国内務大臣の直属組織であり、イギリス陸軍主導の下、防諜活動を行いつつ、スパイの逮捕勾留はロンドン警視庁、世にいうスコットランドヤードに任せるという独自の形態を持っている。

日本で言えばこれは公安調査庁と警視庁の関係に近いが、藤井寺は「そんなものは、もう存在しないのと同じ」だ、と言外に告げている。

少なくとも、法務省の直轄組織である「公安調査庁」は、近いうちに名目だけの存在になるか、内調に吸収合併されるに違いない、故に代換組織を早急に作る必要がある、と。

じつはこの考えは藤井寺の独自の物ではなく、いまや国内の防諜関係者の共通認識と言って良い。

かつては「眠れる獅子《しし》」とされたのが公安調査庁だ。

その権威の失墜がはじまったのは一九九五年の地下鉄サリン事件、いやその前年の松本《まつもと》サリン事件の「実験」だった坂本堤《さかもとつつみ》弁護士一家殺害事件と、この地下鉄サリン事件の対応であった。

この時代、初期の優秀な人員が大量に引退し、その調査能力、捜査能力共に大いに衰えたことが関係者に知れ渡ってしまったのである。

さらに昭和二十年代に制定され、公安調査庁の「伝家の宝刀」と言われた「破防法」——破壊活動防止法の適用が、おなじ法務省の外部組織、公安審査委員会によって棄却された。

裏切りとでもいうべきことだったが、その主な理由は、司法関係者を納得させるだけの法的書類の作成ミスとも言われている。

もともと、公安調査庁には権限が乏しい。これはその「破防法」という最大の武器を持つが故のペナルティだったのであるが、それがこのことで、使えない張り子の虎、となり果てた。

結果「オウム新法」と呼ばれる「無差別大量殺人行為を行った団体の規制に関する法律」の制定が行われたが、これで公安調査庁の権威はかなり失墜した。

今では公安調査庁の情報はかつての立地場所から「九段下《くだんした》情報」と呼ばれ、地方警察でさえアテにしない確度の低い情報とされている。

「我々だけで十分です」

冴子が言い切った。

「通常の相手なら、だ」

牧管理官が冴子の言葉をさらに斬って棄てる。

「正直、我々でも対処しがたい相手がこれから先日本にやってくる──この前の『エス』、熊谷庸一《くまがいよういち》の暗殺はその端緒だ。公安では重武装したPMC（傭兵会社）などに対応しきれない」

「訓練と予算次第です」

SATなどの、警察に存在する重武装部隊との、連携を考えないのが公安警察らしかった。

「その訓練と予算を、獲得するために何年かかると思う？」

「しかし、今回ぐらいは」

「前回の襲撃で、君たちの班に何人犠牲者が出た？」

初耳だった。

出雲は冴子を見る。

「郷《ごう》、北斗《ほくと》、竜《りゅう》、山中――さらに丘《おか》と南《みなみ》も負傷して当分は入院だ……まあ、南は元々配置換え予定だったからともかく、君の班も半分になった。十分に機能できるとは保障出来まい」

目の前で頭を撃ち抜かれた部下を冴子が山中、と呼んでいたからおそらく最初の四名は死亡したのだろうと判る。

どうやら前回の襲撃者がその牙にかけたのは出雲たちばかりではなかったようだ。

「……」

冴子は黙るしかなかった。

唇を噛《か》みしめてはいなかったし、表情も無表情のママだったが、死んだ部下の名前を並べられた一瞬、表情が強張ったのを出雲は見た。

(公安らしくない奴だな)

出雲の知る限り、公安の捜査官、しかも「ゼロ」で班長をまかされるような人間なら、完全に感情をコントロールするか、出雲のように感情が摩滅した人間だけだと思っていた。

そんな出雲の感慨をよそに、藤井寺は話を切り替えた。

「伍堂先生の最大の誤算は、『馬鹿馬鹿しい妄想』を書き連ねた筈のノートの中身が殆ど当たってしまったということだよなあ」

「外れた箇所があるんですか？」

出雲は口にしてからそれが皮肉だと思ったが、

「彼の予想じゃ四年前に前政権の半ばで与野党が再逆転してるはずだった」

大真面目に、藤井寺は答えた。

「……」

「ま、とにかく、ですな」

ぱん、と手を叩いて牧副理事官は話を元に戻す。

「死んだ『エス』こと熊谷が、情報流出の可能性を示唆したどこかの国のエスであること、そして『偶然』現場に冴子くんたちがいたこと。諸事情あって、我々公安と防衛省の共同捜査、ということになる」

「……正確には自衛隊の我々が公安さんの『見習い』に入ることになる」

「見習い、ですか」

ああそうだよ、と藤井寺は頷いた。

「公安・自衛隊防諜特例行動班Ｅ５１０、と我々の流儀に倣って、今回の捜査チームの名称をつけた」

（相変わらず、適当な名称をひねり出すもんだな）

やや出雲は呆《あき》れていた。

Eはエラーの意味もある。

510の数字は、出雲たちの班同様、伍堂にちなんだ番号だ。

要するに、ことが露見しても、自衛隊には傷がつかないように、かつ役所としては扱いやすいような架空の名称ということだ。

「……ということは、名称以外は公安さんの言いつけに従う、ということですね」

先ほど藤井寺が「見習い」といったのは言葉のアヤではない、ということだ。

「まあ、そういうことだ……共同捜査、と表向きはなってるが、この際だ、実践で学んでくれ。レポートも頼む」

藤井寺を真っ直ぐ出雲は見つめ返した。

気さくで洒脱な人間で、オカルトのようなノートを信じ込んでいる人物であるが、決して私心はない。

でなければ陸将溜りのヌシである必要はなく、むしろ、出世していくことを選ぶ。

このことだけで、出雲は、この人物を信じている。

今回も、藤井寺の目には一片の私心もなかった。

疑えばキリがない。

「我々には捜査権も逮捕権もない。その分、やれることはカッチリやれ」

言外に含むものがあった。

「有り難くあります、皮肉ではなく」

そう言って、出雲は頷く代わりに敬礼した。

横で公安のふたりが苦笑と無表情でやや引いているのが判ったが、気にしない。

自衛官とはそういうものだからだ。

☆

死んだ「エス」、熊谷庸一の資料は公安が全て揃えていた。

「申し訳ないが、機密を保持するにはこれが一番なのでね」

牧副理事官はそう言って分厚い紙の資料を配った。

いかにも公安らしい、と思いながら出雲はページをめくる。

熊谷庸一、埼玉県出身。某公立大学卒業。数年間をIT関連の民間企業で過ごした後に、会社が倒産、公務員になった。

中肉中背、五十八歳、統合幕僚監部付きの書記官。いわゆる背広組。

勤続三十年。妻一人、子供が二人。

勤務評定は中の上、もっともそうでなければ書記官はつとまらない。PCもちゃんと使いこなし、同僚や後輩たちの評判も悪くはない。目立たず、確実堅実に仕事をこなす男、というのが印象だ。

娘、息子も素行に問題はない。

娘の咲良《さくら》は来年、短大に入り、そこから公務員試験を受けるという話だったらしい。

息子の士郎は中学二年生、調理師の免許を取る、というのが当面の夢だった。

妻、明美《あけみ》とは見合い結婚。夫婦仲は円満。長男の士郎の前に流産をしている。

そのほか、大学はもちろん、小中高、幼稚園での評判から交友関係まで、公安は調べあげていた。

「思想的にはややリベラルですが、左翼活動に走った形跡は無し。社会運動にもあまり関心はないようです。3・11——東日本大震災の時には福島に、ふるさと納税と赤十字の募金をしていますが、これは、当時の社会の風潮から見て、偽装の一種でしょう」

冴子の言葉は熊谷庸一という人物を「慎重極まる売国奴」として固めているようだった。

（まあ、実際には一面だけの人間なんていやしないが）

この前の夜、戻ってきて殺された妻と長男の姿を見て、出雲は冴子たち「ゼロ」の決め付けに、ささやかな反抗心を抱いていた。

彼等は、旅行鞄などの荷物を持っていた。

恐らく熊谷は、家族を逃がした。

自分が「エス」だと判れば、その後、二度と会えないことを知っていたに違いない。

当日、家族は本来なら出雲たちが踏み込むころには飛行機に乗って、妻の実家がある九州へ旅行にいっているはずだったという。

恐らく、なんらかの不吉を察知して、熊谷のために戻ってきたのだ。

そして、妻と息子は殺された。

娘は未だに昏睡《こんすい》状態にあるが、銃創自体は軽いものですんだ、と冴子は報告した……ただし、それでも腕が元のように、自由に使えるようになるまで、一年近いリハビリが必要だろうが。

出血やショック死をしなかったのは出雲たちにとっては、手がかりが残っていて幸運だと言えるが、家族も家もなくなった状態で生き残ったのは、果たして咲良当人にとって、そう言えるのか。

一つの事実は見る立場によって変わる。

熊谷が「エス」であることを家族に知られるようなそぶりをしていたことは恐らく、あるまい。

少なくとも妻は気付いていない。

でなければ戻ってきたりはしないだろう。

空港で搭乗手続きまでしたのに、それをキャンセルして引き返してきたのだから。

それも身勝手に、ではなく、航空会社のカウンターに届け出て、だ。

(世の中は判らん)

妻が死んだ時、出雲にはなんの虫の知らせもなかった。

ただ、「早く会いたい」という焦燥感だけがあった。

「ところで、どうして陸自さんは彼がエスだと?」

「私の人徳……といいたいところですが、最初は、告白状が送られてきたんです」

藤井寺は笑った。

熊谷の告白が、直接出頭や電話ではなかったのは、いかにもあの年代の人物らしい、と付け加えた後、

「情報保全隊宛てに届いたんですが、まあ、統合幕僚監部の書記官、それも勤続三十年越えの大ベテランがよりにもよって『エス』だと告白してきたんです——ある日、天井から不発弾の頭が覗いたようなもんでね」

そこから先の話は出雲も知っている。

間の悪いことに、この数日前に普通科の連隊長が未成年の買春で騒ぎになっており、

情報保全隊の司令官である水木《みずき》陸将補は、このことが発覚する三日前、過労からの緊急入院を余儀なくされ、残った副司令と陸海空の情報保全官たちは「陸将溜りのヌシ」に、この不発弾の処理を任せる決定を下した。

特に、統合幕僚監部の運用部運用第1課において、カウンターインテリジェンス室の室長を前職としている海自の情報保全官の意見が大きかったという。

その海自の情報保全官が、防衛大学に入る前、小学生時代からの、藤井寺の友人であることは、余り知られていないが。

藤井寺の教え子だったこともある出雲は、防衛大学の彼の部屋に、その「友人」が訪ねてくるのを何度か見ている。

「といってもこっそり始末する、とかではなく、とりあえず彼の身柄を『自衛隊のようで自衛隊ではなく、でも防衛省の人間としての権限をもつ連中』で、ほとぼりが冷めるまで保護しよう、ということでして」

「我々に相談して欲しかった、とはいいませんよ」

牧副理事官はしれっと皮肉をいった。

「防衛省は省になったとはいえ、法的にはグレーゾーンの我々よりも厳しい、憲法上の矛盾存在だ――スキャンダルが立て続けに露見すれば、マスコミの騒動だけじゃなく、また政治家に要不要を問わず、大きな借りを作らにゃなりませんからね」

ええ、まったく、と藤井寺は頷いた。

「私個人としても早くそちらにご連絡すべきだったと思いますが、まあ、伍堂ノートが結ぶご縁とは言え、何しろ官報を探しても、メアドはおろか、電話番号も載ってませんからね『チヨダ』は」

と藤井寺が「ゼロ」の旧名を使って、皮肉を返す。

「私も知りませんね」

役人にとって自分が所属する機関の名称を間違えられるのは耐えられない。隣に座っている冴子のような現場の人間はもちろん、上に立つ人間はなおさらだろうが、牧副理事官はあっさりとそれを受け流した。

(公安ってところはつくづく日本の役所としては異色の場所なんだな)

今の任務に就くようになって一年、ようやく目の前に現れた公安は「珍しい生き物」として出雲の目に映った。

「で、熊谷はどこの陣営の『エス』だったんですか？」

出雲はこれまで「話して貰えなかった重要事項」を口にした。

「……一番、日本が喧嘩《けんか》をしたくない相手だ」

「は？」

「我が国の兄貴分、横暴な父親、面倒見のいい叔父貴」

訥々《とつとつ》と、藤井寺は告げた。

沈黙が会議室に落ちた。

ここまでいわれれば馬鹿でも判る。

「アメリカですか」

「そうだ」

出雲の言葉に頷いた、藤井寺の顔は能面のようだった。

「なるほど、情報保全隊が自分たちのような愚連隊に話を投げてくるわけですね」

出雲は頷いた。

信じられないようなものを見る目で、冴子がこちらを見るのが判る。

熊谷は、日本にとってもっとも逆らいたくない相手、そして同盟相手の「エス」だった。

三十年以上、熊谷が「エス」である、と公安にも情報保全隊にも悟られなかった理由も、それならば分かる。

公安も情報保全隊も、アメリカを相手にすることは、ほぼ想定していないからだ。

アメリカはこちらに情報を全て渡してはくれないが、こちらの情報は全てアメリカに渡している……隠し事もへったくれもない。

たとえ隠し立てをしていても、彼等のテクノロジーは日本の数歩先を行く。盗聴、音声解析、ネット解析……今現在、アメリカの前で秘密を隠し通せる技術を、日本は持たない。

一九七〇年代、時の総理大臣がアメリカとは別の外交路線を中国と始めようとした途端、一大疑獄事件に巻きこまれたときから、政治家がむしろ進んで彼等に情報を流している。

確かに八〇年代のバブル景気の頃、日本車を巡って緊張感のある関係が生まれたことはあったが、それ以後、日本経済の凋落《ちょうらく》と共にそれは雲散霧消した。

軍事面にいたっては日米安保を軸に物事が動いているから「表向きは極秘」であろうともアメリカは別、というのが防衛省がまだ「庁」だった時代からの倣いである。

だからわざわざ、今さら統合幕僚監部に「エス」が仕込まれているとは、思いも寄らなかったのだ。

出雲は、キリアン・クレイがあのタイミングで電話をしてきたことの意味に思い至った。

あれは偶然ではない。

「熊谷がどこの『エス』だったか、に関しては、我々は問わないことにします」

牧副理事官の表情は動かない。

「それよりも彼が何故殺されたか、ですね」

問題を切り分けた。

「我々もそこを解明したいんですよ」

藤井寺が頷く。

同時に出雲は理解した。

部屋に入ってからずっと、藤井寺と牧のふたりは、茶番を演じているのだ。

出雲と冴子のふたりが納得するように、そしてこの部屋の様子を「聞いている」誰かに。

教えてくれてもいいだろう、と憤慨はしなかった。

それぐらい想定していなければ、藤井寺の下で、日本版MI5、という冗談のような構想に付き合って、汚れ仕事を引き受けたりはしない。

「熊谷を通じて流出した情報の内容と、理由の究明だけです。その後のアメリカとの交渉は、我々の埒外《らちがい》ですから」

「ええ」

「では、公安警察さんは捜査を、我々の仕事は万が一に備えた公安警察さんの護衛、ということでよろしいですね？」

出雲は、予想される事態ではなく、要請されるであろう事実だけを簡潔に口にした。

藤井寺と牧が頷く。

「とはいえ、君らも公安警察の皆さんの捜査を手伝って欲しい。そして学んで欲しい。本物の捜査の仕方を」

「はい」

もう一回敬礼してしまうとこれは嫌味になるので、出雲はただ首肯した。

☆

それから簡単な今後の予定と、捜査本部として使うビル、今後の上司たちへの連絡頻度などの微調整の話をし、出雲たちは会議室を出た。

明日の昼過ぎに、捜査本部となるビルに出雲たちと冴子たちが集まり、最初の捜査会議を始める、という手はずになっていた。

それぞれ別のエレベーターに乗る。

別れの挨拶はなかった。出雲たちもそんなものを相手に求めてはいない。

礼節より実務が重要だ。

「で、キリアン・クレイの電話をどう思う？」

藤井寺はエレベーターの扉が閉まると同時に訊ねた。

「恐らく何らかのシグナルだったと思います」

「友情ではないのかね？」

「事実のみが重要です」

　情としてはキリアンがこちらに対する四年前の友情によって警告した、と思いたい部分もある。だが、課報組織の世界に、個人の感情が介入する余地があるとは思えない。

　仮に、あの電話は友情によるものだとしても、それが愛国心や任務よりも強い絆《きずな》か、といわれれば分からない。

　信頼と裏切りは、課報戦というゲームの基本ルールのひとつである。

「アメリカ国家安全保障局《NSA》が相手だった場合、捜査猶予は長くても二週間だ。『エス』の保護に失敗した以上、こちらもリソースをそれ以上は割けない」

「理解しています」

　もともと出雲たちの部隊は書類上は存在しない。経費は藤井寺がどこからか調達してきている——恐らく内閣官房費、特に機密費と呼ばれる使い道を問われないカネが流れてきているのだろう、と出雲は見当をつけているが、問いただしたことはない。

　妻を喪《うしな》って以後、出雲の関心は修羅場にある。

「君の部隊の増員は今回、間に合わん——厄介ごとにさらに輪をかけた状態だが、頼む」

藤井寺は前を見たまま言った。

「そのための我々です」

出雲も前を見たまま答えた。

「自衛隊は、演習で空薬莢《からやっきょう》一発なくなったら、山狩りしてでも探す職場ですよ」

にこりともせず出雲《こ》は淡々と言った。


「頼む――あくまでも、捜査の主導権は『ゼロ』にある。我々に逮捕権も捜査権もない。だから主導権を無理矢理奪う必要はない。『適当に』処置してくれ」

藤井寺も同じく無表情で、自衛隊用語を使った。

「適当」というのは軍隊において、いい加減に、あるいは穏当に、という意味ではない。

適切な手順と手段を用い、全力を持って対処せよ、という意味――捜査の主導権は公安に与えるが、そこで見つかったものが自衛隊の処理すべき範疇《はんちゅう》である場合、出雲のできうる限りの判断と処置を行えということだ。

「公安《あちら》と緊張状態になるかも知れません」

「その時はその時だ」

藤井寺は即答した。

「衝突無しでこの手の任務はつとまらん――その時には私が何とかするさ。君らより、立派な階級章ってのは、そういう時のためにあるんだからな」

☆

「どう見る」

牧副理事官もまた、藤井寺同様、エレベーターのドアが閉まると同時に訊ねた。

「迷惑です、邪魔です」

歯に衣《きぬ》着せぬ冴子の言葉に、牧は苦笑を浮かべた。

その冷酷非情に見える容貌から吸血鬼をもじって「伯爵」と呼ばれる人物だが、そうなった途端、奇妙な愛嬌《あいきょう》が生まれる。

「万が一の場合、どう処理する？」

「この『エス』の殺害犯を私たちは追う。その上で得た情報はこちらで選別して自衛隊に渡す」

冴子の答えは、「ゼロ」を仕切る「影の理事官」に対する、「ゼロ」の人間らしいものだった。

犯人逮捕、という言葉がない。

「いい答えだ……むこうはＭＩ５をご要望だが、ここは日本だ。イギリスのように警察が軍に従属する理由はないからな」

「同感です」

「だが、510臨時特別行動班と、三輪一佐が深入りしてきたらどうする?」

三輪出雲一等陸佐がどういう人物か、資料は揃っていた。

一度殉職し、蘇った男。

記憶を失い、南アフリカの暗黒地帯で生き延びた男。

そして国内に戻ってきてからは、防衛省において、いくつかの政治的不祥事に発展しそうな事件を見事にもみ消している――公安のやり方に比べて荒っぽくはあるが、同時に確実な方法でもあった。

「ゼロ」ほどではないが、彼ら、五一〇部隊もまた、汚れ仕事のプロだ。

なによりも――認めたくはないが、自分たちよりもレベルの高い修羅場、いや戦場を生き抜いてきた判断力と行動力がある。

「元々三輪一佐は幽霊です」

冴子はその言葉の外に様々な意味を含ませて答えた。

「なるほど――我ら塵《ちり》より出《い》でて、塵に帰る、か」

「というよりも、怨霊退散、というところでしょうか」

冴子は、あの三輪出雲の眼《め》が気になっていた。

虚ろで、空っぽで、何の感情もない。

あの時現場でみた彼の、野生の獣のような輝く眼とは打ってかわった死人のような眼。

(あれは一種のヤクネタよね)

ヤクザ社会において、全ての行動が暴力に直結したままのトラブルメーカー、つまり「厄介ごとのタネ(ネタ)」を縮めてヤクネタと呼ぶ。

三輪出雲の眼にはそれに近いものがあった。

粗暴なのではない。ただ、人間としてのブレーキが壊れているのは、間違いない。

公安は息を吸うように人を騙《だま》し、嘘をつくというが、彼もまた、日本の自衛官にはあるまじきことだが、人を殺すことにも、自分の命を危険にさらすことにも躊躇《ためら》いがないのではないか。

あの時、部下が撃たれて倒れ、冴子は動揺した。

修羅場は初めてではない。彼女自身も何度か手を汚している。

それでも部下が撃たれた時には動揺し、感情がコントロール出来なくなりかけた。

だが、三輪出雲は違う。

あの時出雲の部下も、撃たれて数名が死亡しているが、出雲の行動に躊躇《ちゅうちょ》も遅滞も起こらなかった。

淡々と現状の戦力を確認し、脱出と反撃の機会を窺い、実行した。

何よりも痛感したのは「戦争」にあちらが慣れているということだ。

「ゼロ」は基本的に内密処理をするが、少なくとも冴子の関わる分野は一対一、もしくは一対多人数に近い状況だ。

正面からぶつかり合うような戦闘は、ほぼない。

(結局、利用できるところは利用し合い、なるべくこちらからは何も与えない、という選択肢の他はない、ということね)

冴子は溜息《ためいき》をついた。


結局、全てはゲームに過ぎない。

▽第三章・合流注意

☆

「キース、出雲《イズィー》だ。連絡をくれ。この前の電話について、君は俺に、話すべきことがあるはずだ」

キリアン・クレイのスマホにメッセージを残し、出雲は車から降りた。

☆

翌朝、警察庁に顔を出した荻窪冴子《おぎくぼさえこ》が、約束の時間より早く、これから捜査本部になる四谷《よつや》のビルへ向かおうとロビーに降りると、そこに三輪出雲《みわいずも》が待っていた。

例の疫病騒動以来、ロビーもアクリルのパーテーションで迷路のようになっている。

さらに一瞬、冴子が気づかない程に、彼は完全に気配を消して、ロビーの中に溶け込んでおり、立ち上がると周囲の職員がぎょっとなった。

「何のつもり？」

臆せずに冴子は近づいて、彼を見上げた。

冴子も一七〇センチの身長だが、出雲はそれより背が高い。

ヒールを履いても視線をあげるようになる。

「部下たちと引き合わせる前に、あなたとサシで話がしたかった」

相変わらず、淡々とした無表情で三輪出雲は言った。

「渡したいものがあるから、懐に手を入れる、いいか？」

「ええ」

出雲はジャケットの内ポケットから、小判のノートを取り出した。

「これは？」

「この前、熊谷《くまがい》の家で見つけた」

「……それ本物？」

でっち上げではないか、という冴子の視線に、出雲は怯《ひる》みもせず、

「だが、死体が倒れてたソファーの中までは調べなかっただろう？」

「どうして判《わか》るの？」

「死体のスマホは消えていたが、死体そのものが動かされた形跡が無かった」

（……見るべき所は見てるのね）

「これはソファーの座面の下にあった」

出雲はその手擦れしたノートを冴子に手渡した。

「ちゃんと手を組もう。捜査権は君たちにある」

「面子《メンツ》はいいの？」

「これは戦争だ。面子なんか終わった後でいくらでも繕える」

（へえ）

冴子はいささか出雲を見直した。

「あの殺され方は計画的じゃない、偶発的な事件だ――それなのに、あんな連中が後始末に現れた。どう思う？」

「あなたこそ、どう思うの？」

冴子は自分の双眸《そうぼう》が冷たくなるのを自覚した。

ここでこの男がいう言葉の中身次第によっては、これまでの考えを改めなくてはいけない。

「あそこで起こったことは偶然だが、その後の処理は本格的を超えてる」

冴子の中で、ロビーの喧噪《けんそう》は遠くなっていく。

「あれは、死体を始末しに来たんじゃない、熊谷が『エス』だった証拠、それ以外の手がかりになりうる何もかも家ごとを消し去るのが目的だ。死体の山はそこから視線をそらすためのものだ、と俺は思う。あるいは、俺自身への復讐《ふくしゅう》かも知れない」

「復讐？」

「ことが終わった後、帰り道で狙撃された。一発だけだったが、不要な一発だ」

三輪出雲の顔には、狙われた者の、焦りも恐怖もなかった。

数日経っていても、その体験を語るとき、人の心はざわつくように出来ている。

（やはり、この人物はおかしい）

冴子は自分の直感が正しかったことを確信した。

「後始末を依頼された奴が、俺に怨《うら》みがあったんで、たまたま、という可能性もある。もしくは、このノートの回収だ」

「……なるほど」

「で、君はどう思う、荻窪警部」

ロビーの喧噪の中、冴子は出雲を見た。

全く動かない表情の中にはめ込まれた眼《め》。

なにか得体の知れない焦燥感が冴子の中を一瞬走った。

「……そうね、私も熊谷は偶発的な事情で殺されたんだと思う。凶器の灰皿は回収したから指紋を採取しているところ」

「よく回収できたな」

「私たちも警察官だから」

冴子は話を進める。

「まずそこから指紋が採取出来るかどうかね。推測は危険。一つ一つ、状況と事実を確認していくしかないわ」

事実を隠す必要は、現在ない。

だから全て事実だった。

「あとは周辺の監視カメラの画像だけど、どこかの誰かがあの辺一帯の監視カメラの記録を十分間、そして三十分消去しているから、細かい事は判らないわ」

「十分間と三十分？」

「あなたたちが手を回した十分間と、それ以外、どこかのハッカーが警備会社のカメラに介入して停《と》めていたのよ」

「個人宅のカメラもか？」

白金台とは言え、全ての個人宅の監視カメラがセキュリティ会社のものではない。

出雲たちがコネを使ってカメラを停めたのは、熊谷の家から半径数百メートル、逃走経路の周辺だけだ。

「そこは今、当たってる」

「それと、もう一つ報告がある。あの時、熊谷の家に押し入る直前にＣＩＡから電話があった――キリアン・クレイという名前を知っているか？」

「いいえ」

「四年前は南アフリカにいた。たまたま電話をかけてきた、と言ってたが、どこまで本当かは判らない。追いかけてくれ」

「……いいの？　すべて話をしてるみたいだけど」

「みたい、じゃない。全部話そうとしている」

出雲は大真面目な顔である。

「彼の連絡先は判る？」

「ここに書いた」

出雲はポケットから名刺サイズの紙を出した。ボールペンで、丁寧な文字で、アラビア数字が並んでいた。

「どうして全部私たちに喋《しゃべ》るの？」

「疑い、捜査するのは君たちのほうが専業だ。年季も違う。俺たち五一〇《ゴーイチ》臨時特別行動班《マル》はせいぜい二年、君たちは俺達の倍以上、組織としては半世紀以上の実績がある――アマチュアがプロを出し抜くことは万に一つもあり得ない」

「信頼して貰《もら》ってる、と取っていいのかしら？」

「違う、信用しているんだ。頼る気はない」

冴子の顔に、不敵な笑みが浮かんだ。

この男は自衛隊員にありがちな「気は優しくて力持ち」という単純な男ではない。幹部のように疑り深い存在でも、知恵を働かせすぎる小者でもない。海外での実戦経験者だからなのか、それとも「幽霊」だからなのか。公安とも警察とも自衛官とも違うが、果てしなく自分たちに似ている。

そう冴子は結論した。

なら、少しは対等に扱って然《しか》るべきだ。

「いいわ。その考え方。気に入ったわ」

「ところで、熊谷の娘はどうなった？」

「生きてるわよ。多分そろそろ目を醒《さ》ますわ」

言ったタイミングで冴子のスマートウォッチが震えた。

画面をチラリと見て、

「目を醒ましたそうよ。警察への通達は二時間ずらすようにしてあるわ」

どうやってか、は語る必要もないと言わんばかりに冴子は歩き始めた。

「とりあえず、一緒に行きましょう」

口にしてから、冴子自身が驚いた。

つい昨日正式に引き合わされたばかりの、余所《よそ》の人間を、捜査に同行させることなど、通常は考えられない。

「尋問は私がやるわ」

だから、歩きながらそう付け加えた。

☆

熊谷庸一《よういち》の家があった所は、綺麗《きれい》に焼け跡になっており、バリケードテープが貼られている。

何も残っていない。

家の土台の上に真っ黒に焼けた瓦礫《がれき》があるばかりだ。

さすがに三日も経過したので、野次馬もなく、二日目までうっすら立ち上っていた煙も絶えた。

それをトヨタ・パッソの中で「彼」は見た。

ぞっとする。

父親が言ったとおり、「何もかもなかったこと」になった。

周囲の家に被害が及ばなかったのは、消防車が早く到着したからだという。ホワイトガソリンを使った放火故の高温で、内部は完全に焼け落ちていた。樹脂も何も残らない。鉄骨すら焼け溶けていた――完璧な証拠隠滅だ。

旅行に出るはずだった家族が戻ってきて、妻と息子が殺された、というのと、消防署員が二名ほど脱水症状と火傷《やけど》で入院したというのも、彼の心に重圧としてのしかかっていた。

熊谷庸一を殺したのにはまだ、自分の感情や事情があった。

だが、消防署員の怪我《けが》や入院は、意図するところではない。

まして、熊谷の妻子は、殆《ほとん》ど会ったことも無い。

（……いや、子供が小さい頃は何度か挨拶もしたっけ……いや、そんなことはどうでもいい）

ドミノ倒しに、物事が大きくなっていく。

自分の殺人は一人の筈《はず》なのに、覆い隠すために何人もが犠牲になっている。

パッソのハンドルを持つ手が震えた。

「何を怯《おび》えている、直彦《なおひこ》」

後部座席に座った父が、静かな声で言った。

天下り先からの帰りで、今日は彼が迎えに来いと言われ、久々に車を出した。

豊かな家だが、父は見える贅沢《ぜいたく》を嫌って、こういう小型の車を愛用している。

「お前のやったことだ、そして、私がやったことだ」

低い声。唇を動かさない喋り方。

「覚悟を決めろ。お前は十年前、これでいい、と決めた筈だろう」

「……判ってますよ。お父さん」

短く、断ち切るように彼……照井《てらい》直彦は頷いた。

二十二年前、希望していた国立大学の受験に失敗し、地方私立の二流大学を卒業したものの、就職試験にも失敗し、一人きりの跡継ぎとして、エリートだった父の後を継げないと判った。

それでも十五年、非正規雇用で頑張った。

就職氷河期と言われた時代である。仕事は非正規でも、しがみつく必要がある。

今や当たり前の考えを、直彦の世代は最初に持った。

就職先は商事会社で、外回り。慣れない営業の仕事にミスと成績は底辺を横ばいに。

上司の叱責はやがて嫌がらせに代わり、うつ病を患ってアパートから出られなくなった。

五年頑張って貯《た》めた九十万円の預金は、休職してからはみるみる消えていった。

上司がアパートにまでやってきた。

玄関先で「帰ってくれ」「会社に出てこい」と揉《も》めた。

とうとう上司がキレた。

「お前、いつまで休んでるんだ。社会人舐《な》めるなよ？」

その言葉が終わらぬうちに、パニック発作を起こし、慌てた上司の呼んだ救急車で病院に担ぎ込まれ、ようやく直彦は退職が出来た。

やがて、預金が空になって、家賃を滞納し——父である照井秋吉《あきよし》が来た。

母が来ると思っていた直彦は啞然《あぜん》と玄関に立った、白髪こそ増えたが、昔と変わらぬ体型を保ち、髪の手入れも怠らず隙のない背広姿の父を見つめた。

「お前は負けた。だが、やり直す機会はある」

そう言ってアパートに上がった父は、無表情に持っていた鞄《かばん》の中から、三〇〇万の札束を出した。

「これを元手に何かをやるか、私の仕事を手伝うか、どっちだ」

「……仕事？」

「情報を売る仕事だ。違法だが金になる。税金のつかない金だ。これぐらいの金、一年あれば貯められる。だが、手伝わないなら、この金を持って、二度と家の敷居をまたぐな」

溜《た》まりに溜まった、コンビニ弁当の食べ殻が詰まった、ビニール袋だらけの部屋の中、帯封のされた百万円分の札束が三つ、夕陽《ゆうひ》を受けて、輝いているように見えた。

「その仕事は、本当に一年で三百万貯まるんですか？」

「それ以上に貯まる。お前たちを育てて家を建てられるほどにな」

涙が溢《あふ》れてきた。

自分は、五年間かかって九十万しか貯められなかったのに。

父にとってこれは端金《はしたがね》なのだ。

悔しいとか、腹立たしいとかの感情は起こらなかった。

こんな風に自分も金を使ってみたい、という羨望が、腹の底から沸き起こっていた。

「お父さん、ボク、やります。お父さんの仕事を」

「そうか、ならここを引き払え。これから入ってくる金は、銀行には預けられない金だ」

以来、表向きはあちこちの非正規職員をやりながら、父の仕事を手伝った。

父の手元に集まってくる情報を回収し、そして父から指定された場所へ運ぶ。

大容量のフラッシュメモリスティック一本の時もあれば、恐ろしく重い段ボール箱のこともあった。また、ペラペラの封筒一枚のことも。

中身を開けたことは五年間一度もない。興味も持ちたくなかった。

都心へ、あるいは関東の僻地《へきち》へ、時には東北や関西地方にまで足を伸ばした。

そして戻ってくると父より手ずから数十万の札束の入った封筒が渡されるのだ。

言っていたとおり、父の仕事は大した金になった。

我が家が、父の出世以上の金を持っていることと、その理由を、直彦は理解した。

不思議なことに、母はまるっきり父・秋吉の「副業」を気にもしていなかった。

もっとも、知っていたとしても、何も感じなかったかもしれない。

直彦の母、秋吉の妻は、昔ながらの専業主婦であることに甘んじて、他に深く物事を考える、ということが苦手な人物であった。

やがて、心に余裕が出来て、ＩＴ関連の専門学校に通うようになった。

ＳＥとしての技術も身につき、五年前から父と同じ職場で——といっても、父は天下って重役クラス、自分は下っ端なので、顔を合わせることもないが——働き始め、自分の部屋に、作り付けにした金庫の中にある貯金も、いつの間にか五百万の大台に乗ろうとしていた。

それなのに。

父の「副業」の部下である熊谷が「これ以上この仕事は続けられない」と言い出したのだ。

今抱えている案件の内容が判明した途端の話で、父も説得に往生した。

「自分にやらせてくれ」

なんでそんなことを言ってしまったのか、今は後悔している。

直彦はバックミラーに映った自分の顔を覗《のぞ》き込んだ。

大学時代からストレスと過食で三〇キロも太った、一〇〇キロの、でぶの顔を。

今年四十になるのに、未《いま》だに非正規雇用で、恋人もなく、家庭もなく、月に一回の精神科通いが欠かせない。

そんな自分が、この五年で、少しはまともになれた、前よりもマシな人間になれた、と思い込んだのが間違いだったのだ。

苦いものが胸を灼《や》く。薬がなければとても耐えられそうにない。

「大丈夫か、直彦。薬は飲んだか？」

珍しく、父が気を遣ってくれた。

「父さん、なんでこの仕事を始めたの？」

これまで疑問にすら思わなかったことが口からこぼれた。

「私は、事務次官になれない、と判ったからだ」

事務次官とは官僚のトップ……各省庁を実質的に仕切る役職である。

「三十年近く昔のことだ。入省して、最初の大きな派閥争いのさい、私は間違った側についた……時の政権に逆らう人につくべきじゃなかったんだ」

父の声に苦いものが混じった。

「だから五十になったら天下りをすることになる。そうなったとき、儲《もう》かる仕事に就ける可能性は低かった……派閥争いに負けるというのはそういうことだ」

短く、秋吉は「出せ」と直彦に命じた。

「バブルも弾《はじ》けて、日本が何処《どこ》へ行くか判らない時代だった」

遠い声が後部座席から聞こえてくる。

「だから始めた……あの国は我が国の同盟国で、兄のような、父のような存在だ……日本はあの国無しでは立ちゆかない。いや西側自体が立ちゆかない。だからこれは法を犯してはいるが、国の利益になる。そして私の利益にもなる——一石二鳥だろう?」

直彦は答えられなかった。

そんなことは考えもしなかった。

ただアメリカの諜報《ちょうほう》機関は金持ちだ、という、映画やドラマで聞いた言葉が本当だと実感しただけだ。

今さらながら、自分と父親の差を思う。

バブルの頃には、役所に勤めるなんてバカのすることだ、と言われたという。

それ以前の時代、役人、それも官僚になろうと志した時点で、父と自分の間には大きな差が生まれていたのだろう。

自分は、とにかく役人にはなりたくなかった。

父の頭脳を受け継がず、外見を受け継がず、父という立派な人間の、残り滓《かす》のような自分を、高校を卒業する頃には感じていた。

地方の二流大学しか受からなかったのに、親元から離れるためだと言い訳をした。

実際、親の目のない大学生活は極楽だった。仕送りとアルバイトで暢気《のんき》に暮らして行けた。

だから、民間に就職しようと躍起になって……自分の価値を見せつけられた。

この「副業」は自分の人生に垂れてきた「蜘蛛《くも》の糸」。

そう思い込んでいた。

父のような愛国心や、深い考えなどはない。

自分が恥ずかしくなった。

☆

出雲から「これから荻窪班長と熊谷の娘に話を聞きに行く」と電話があった時、部下である村松敏夫《むらまつとしお》は四谷税務署近くの五階建てビルの一室に、生き残った仲間たちと入っていた。

陸海空の違いはあれど、予定を立てたら人より先に、が合い言葉の自衛官である。

約束の時間の三十分前にはついた。

だが、ほぼ同時に「ゼロ」の連中は待っていた。

最初に会った時は、互いにマスク越しであったが、雰囲気と——恐らく、こちらの資料を持っているらしく、向こうから「三輪一佐のところのかたですか」と声をかけてきた。

よそよそしい態度は予想していたが、丁寧な物腰はむしろ慇懃《いんぎん》無礼《ぶれい》で、勘の鋭い数名の仲間たちは、

「村松さん」

と、何度も目配せをしてきた。

『どうだ、あちらの歓迎ぶりは』

「正直言って、たまりませんね。丁寧すぎて、うちの連中がキレそうです」

建物の外に出て、ホッとしながら村松はスマホの向こう側の出雲に溜息《ためいき》をついた。

『悪いが抑えておいてくれ。これ以上部下を失《うしな》うのは困る』

死ぬ、という意味での「喪《うしな》う」ではなく、左遷やクビを意味する「失う」であることは村松も気付いている。

「それは困りますね。我々は隊長の下じゃないと生きていけませんからね」

村松は笑った。

出雲の下につけられたものたちは、どれも出雲自らが見いだしてきた「はぐれもの」である。

命令違反、規律無視等々。

自衛隊の中にいる不穏分子、的なものもあれば、情に流されてしまった、等々、事情、理由は様々だ。

あるいは、やむにやまれぬ事情で、という者も。

どちらにせよ、品行方正、規律正しく、「気は優しくて力持ち」を求められる自衛官として、一度は失格の烙印《らくいん》をおされた者――そういう連中を出雲はこの部隊のメンバーに選んだ。

一同のまとめ役の村松も同じだ。

☆

村松敏夫は三輪出雲より三年早く、防衛大学校に入ったがドロップアウトした。

イラクに自衛隊を派遣する理由がどうしても納得出来ない……そんな青臭い理屈だった。

だが、それでも自衛隊の仕事に魅力を感じていた。

だから一般で自衛隊に入ってみた。

が、訓練時代、元防大くずれと教官にバレた。

「お前、防大中退だって？」

一般、普通科の教官の中には、防大出身者を目の敵にしている者がいる。

諸外国のように、上位のものに指揮権を、現場に近いものには裁量権を、という構造ではない自衛隊の中において、防大出身者は、警察のキャリア官僚よりも眩《まぶ》しくて贅沢な存在になる。

それが中退して、自分たちの下にやってきたのだ。

大抵の教官は、素性を確かめただけで終わる。あるいは、村松に他の訓練生より厳しく当たる、という程度だった。

だが、一人だけ異様な執着を、防大出身者である村松に向けた教官がいた。

その教官の「しごき」はあからさまに度を超していた。

格闘戦の訓練の時、明らかに異様な「首締め」を行われた。

あと三秒、それが続いていたら、村松は首の骨を折られていたと思う。

教官を、出雲が蹴り飛ばしていなければ、多分そうなっていた。

「訓練生をなんだと思っているんだ！　お前のオモチャじゃないぞ！」

道場の真ん中で何が行われているか、察知した出雲が、迷わず教官の脇腹に蹴りを入れていた。

まだ防大を出たばかりの出雲が、たまたま用件で教育部隊に顔を出していなければ、今ごろ村松はこの世にいない。

あの頃の出雲の目は輝いていて、不当なシゴキを行う教官を叱り飛ばす姿は、自分よりも年下だとは思えないほど颯爽《さっそう》としていた。

結果、シゴキはなくなったが、防大出の出雲の受ける筈の怨みは、村松の硫黄島《いおうとう》に配属という形で返ってきた。

三年で頭が壊れる者もいる、と言われる硫黄島に、爆弾処理班として、村松は派遣された。

文字通りの離れ小島に、三年間も駐留し、ほぼ外に出ることはない……今はだいぶ緩和されたが、当時はそうだった。

それを一年で終わらせてくれたのも出雲だった。

年上の普通科の一兵卒のことを聞きつけて、人事に掛け合ったらしい。

「なんで自分なんかを助けて下さったんですか」

硫黄島から戻ってきた時、その足で、当時出雲が勤めていた防衛省情報本部に出向いて、訊《たず》ねた。

「まあ、助けるってのは最後まで面倒を見ることだからなあ」

そう言って出雲は笑い、恥ずかしそうに、

「実は今度結婚するんだ。俺の側は親族が少ないから村松さん、出てくれないか」

と言われ、村松は二つ返事で出席を引き受けた。

以後、富士の普通科連隊で、二等陸曹にまで何とか上ることが出来た。

出雲とはそれ以来、年賀状をやりとりする程度の間柄だったが、彼が外国に武官として赴任すると聞いた時は、眩しく思えたものだ。

その出雲が、海外でテロに巻きこまれ殉職した、と聞いて悲しみ、二年後に「幽霊」となって戻ってきた時には、真っ先に会いに行った。

だが、そこにいた出雲は「幽霊」そのものだった。

記憶を失って南アフリカを彷徨《さまよ》っていた二年間の体験と、自分が生きていることを知らぬままに自殺した妻の遺体との対面が、三輪出雲という人物の根幹にあるなにかをへし折っていた。

あの颯爽とした面影も、目の輝きもなく、無表情でホテルのソファに座る出雲を前に、村松はただ黙って一緒にコーヒーを飲み、出雲の妻、真奈美《まなみ》の葬儀を手伝った。

沖縄《おきなわ》出身の真奈美は海外赴任の話が出雲に持ち上がる前に両親を、当時流行していた新型感冒で失って、他に親しい親戚もないため、遺骨はそのまま、故人の意志で海に撒《ま》かれた。

だから三輪真奈美の墓は存在しない。

代わりに出雲はあの家を建てて、墓守のように、ベッドルーム以外、家を磨き清めて生活するようになった。

問題なのは、三輪出雲という墓守は、いつ墓の中に入るか判らない、と、初めて出雲の家に足を踏み入れたとき、村松は思った。

月に一回、何かと用事を作っては村松は出雲の様子を見るために上京していた。

一年後。

「村松さん、すまないが俺の仕事を手伝って欲しい」

と言われたとき、てっきり村松は出雲が自衛隊を辞めるとばかり思っていた。

「ただし、汚れ仕事だ。マトモじゃない。人を存在しない事にしたり、証拠を燃やすような、薄暗い仕事だ」

そこから出雲が話したことは、自衛隊にあるまじき「秘密部隊」を作り、稼働させるという話だった。

「藤井寺《ふじいでら》さんには色々借りがある——だが、村松さんと海自の桐山《きりやま》さんが協力しないなら、できない、と俺は答えた」

桐山三等海曹とは、多少の面識があった。

桐山もまた、出雲に助けられた一人である。

やや好戦的な傾向のある人物だが、面倒見がいい。

「桐山さんは、承知したんですか？」

「家族のことがあるから、考えさせて欲しい、と言われたよ」

淡々とした声だった。何者にも期待しない声。

これがあの三輪出雲なのか。

村松の腹の中に重くて冷たいものが満ち、同時に背中の辺りがかっとなった。

今こそ、恩を返す時が来た。

今年で四十。自衛官として現場で走りまわることはそろそろ難しくなるが、

「やります」

と村松は即答していた。

☆

「とりあえず、お近づきの印に、ってんで菓子とコーヒー、持って来たんですがどうにもいかんですわ」

村松はビルを見上げた。

いまも仲間たちと「ゼロ」の職員が微妙な空気で睨《にら》み合っているはずである。

「『ゼロ』さんたちはPCと日記の解析をしてます。あたしらはそこに出てくる名前を調べ、交遊録の資料をめくってます。これが結構難儀で」

いかにセキュリティ技術が向上していても、現状において、電子記録の秘匿性は紙とペン、そして磁気テープに敵《かな》わない。

最上は記憶である。

『そういう人たちだからな、仕方がない』

「どうもこっちを人間としてみてくれてはいない、って感じです」

本音が出た。

『そのうち変わるだろう、と思って今は耐えてくれ』

微《かす》かに出雲の声に同情と、なだめる色が混じった。

「まあ、耐えるのは自衛官の仕事のうちですから、仰《おっしゃ》る通りにしてはみますが」

村松はその声が聞けただけで満足した。

「とにかく、早く戻ってきて下さい、隊長」

『判ってる——村松さん、これからは飲み物と食い物に気をつけてほしい』

村松を「さん」づけし、妙な事を出雲は口にした。

『彼等は、俺達をバカにしてかかる。ちょっと認められそうになったら必ず「お試し」がある』

「お試し、ですか」

『公安は俺達と同じで体育会系だ。それも陰険なほうの、な』

聞き流すべき案件ではなかった。

三輪出雲はただの自衛官ではない。記憶を失っていたときには南アフリカの暗黒街という、死が戯れに降ってくるような土地で、見事に生き延びている。

「わかりました、注意します。とりあえず飲み物と食べ物は個別でまとめて確保、管理を徹底します」

『具体的には？』

村松を疑っているのではなく、口に出すことで思いついた案を具体的な形にしよう、という意味で出雲が問いかける。

「どちらも三〇〇メートル以上離れたコンビニでランダムに購入、購入後は各自机の中で保管、飲み残し食べ残しはすべて廃棄、彼等からの授かり物は手をつけない、保管して『いつか』ということにするか、私が持ち帰って廃棄します」

出雲が頷《うなず》く気配がした。

『頼む、村松さん』

「お任せください」

通話は終わった。

☆

車が家に着いた。

車を降りた秋吉は、直彦に、

「ひと息入れたら、お前、熊谷の娘の咲良《さくら》ちゃんに会いに行け」

と命じた。

「え？　咲良ちゃん生きてるの？」

ポカンとした。

この数日恐ろしくて、ウェブのニュースはもちろん、ラジオもテレビもつけていない。

SEの仕事なので殆ど人と話さなくてもいいのも幸いしていた。

「ああ、生きてる」

父親は冷徹な、いつもの偉大な父の顔で頷いた。

「で、ででも、ボクの顔を見てるかも」

「その可能性は低いだろうが、見ていたのなら、すぐに判る」

「で、ででも……」

「その時は私に電話をしろ、そしてお前はさっさと家に帰ってくるんだ」

「……」

ハンドルに目を落とす直彦の肩を、父はポンと肩を叩《たた》いた。

「見てなかったらそれでいい。恐らく見てはいないだろう。いいか、いつもより多めに薬を飲みなさい。そうでなければ、昨日届いた新しいワインを一杯飲んで行くんだ……いや、薬よりワインのほうがいいだろう」

「……でも」

見上げると、子供の頃から威圧感を感じる顔の中、眼だけが優しく直彦を見つめていた。

「父さん――」

「お前はやれる、生き残れる」

そしてもう一度肩を叩いて、秋吉は家の中に入った。

その背中を見ながら、直彦はハンドルに突っ伏すようにして、声を押し殺して泣いた。

父親は、こんな失敗をした息子を、まだ見捨てていないのだ。

そのことが有り難かった。

☆

照井秋吉は、家に入ると、そのまま真《ま》っ直《す》ぐ客間へ向かった。

今日は妻のカルチャースクールの日だ。夜まで戻っては来ない。

電話を取って、プッシュする。

「息子が、これから熊谷の娘に会いに行く」

前置き無しで告げた。

「彼女が息子の顔を見て、何か反応をしたら、始末して欲しい」

『三十年ぶりのご利用だと思ったら、連続の上に、挨拶もないんだな』

前回と違って、少しくぐもった声が嘲笑とも皮肉とも取れる口調で言った。

『いいだろう。私は前任者とは違う。現地の声を聞く主義だ』

その言葉に緊張していた秋吉の頬が微かに緩む。

彼の雇い主は気前がいいが、自分たちが使われる段になるとひどくこちらを見下し、怠ける部分があることは他の「副業」仲間たちから聞いている。

一回使うごとに、五年の忠誠が無駄になる、とよく言われた。

その「副業」仲間の殆どがもう、この世にはいない。

『完璧な処置を約束しよう。安心して任せるといい——そういえば、お送りした五十四年もののトロネルはどうだったかね？』

「え、ええ早速頂きました」

咄嗟《とっさ》にそう答えて、照井秋吉は、昨日到着したフランスの高級ワイン、シャトー・コス・デス・トロネルが、いつものように関連企業の誰かからではないと悟った。

どうやら、冷静なつもりでいて、送り主を確認することを忘れる程度には動揺しているらしい。

落ち着くためにも、息子と一緒にワインを一杯飲むべきだ、と秋吉は思った。

▽第四章・病院襲撃

☆

熊谷の娘、咲良の入院した、目黒《めぐろ》の病院には、時間を合わせて、それぞれ車で来た。

出雲が地下駐車場に車を入れると、冴子がマツダのコンパクトカーMAZDA2を、滑らかに反転させながら停車させ、降りるところだった。

色が白なのが意外に思えた。どんな車にせよ、なんとなく色は赤か黒だろうと思っていたからだ。

(まあ、公安の人間なら目立つ色は選ばないか)

「来たわね」

出雲が車を降りるのを待って、それだけを言うと冴子はつかつかと歩き始めた。

大人しくついていくと、彼女は迷わずに階段で、四階の外科病棟の個室へと向かう。

静かな音楽が流れる廊下を通り、奥の個室へ歩いていく。

個室の手前に制服警官が立っていた。

突き当たりにある個室のドアが開いて、背広姿の厳《いか》つい男がふたり、中に一礼して出てきた。

冴子と出雲に気付くと、制服警官が質問するのを制して前に出てきた。

「えーと、どちら様でしょう?」

懐から警察バッジのくっついた身分証が出てきた。

二時間のタイムラグは、どうやら何かの手違いでナシになったらしい。

「警視庁の迫水《さこみず》と柴田《しばた》です、そちらは……」

「防衛省の荻窪と三輪です」

堂々と、冴子はウソを告げた。

軽くこちらを向いて頷く。

(なるほど)

出雲は防衛省の身分証を取り出して見せた。

「写しを取ってもよろしいですか」

最初に名乗ったほうが断りをいれつつ、スマホを取り出した。

「顔写真の所以外でしたら、どうぞ」

出雲は自分の顔写真の部分は指で隠した。番号を照らし合わせれば出雲の顔写真などいくらでも手に入るだろうが、縁もゆかりもない個人のスマホに自分の顔写真が残るというのはゾッとしない。

スマホで写真を撮ると、刑事二人は冴子の堂々としたそぶりと、出雲の身分証を見て納得したようだった。

やがて捜査本部に戻って冴子の身分証を見なかったことに気付くだろうが、出雲の身分証を確認すれば「二人とも確認した」という認識になる。

「どういうご用件で？」

「亡くなった熊谷庸一氏は防衛省の職員です。それもかなり重要機密に関わる立場にありました」

「……」

刑事二人は嫌な顔をした。

この手の機密が絡めば、警察の捜査はどうしても面倒くさい事になる。

下手をすれば迷宮入り《オミヤ》――この場合は、恐らく確定だが。

功績にもならない上に、完結しない仕事はやる気を大いに削《そ》ぐ。

「よろしいですか？」

二人の刑事の間に立ちこめた空気を、まるで読まないようなそぶりで、冴子が言うと、刑事二人は道を空けてくれた。

ドアを開けて、冴子が中に入る。

出雲も後に続いた。

個室はかなりの広さで、

「どなたですか」

数日前、助けた時は気にもしなかったが、咲良は整った美貌を持っていた。

今はやつれ、影がある。

肩の包帯には、まだ血が滲《にじ》んでいた。

「防衛省の荻窪と、三輪です。この度は」

そう言って冴子は、深々と少女に一礼した。

「刑事さんじゃ無いんですね」

「はい」

「どうぞ」

気丈にも少女は椅子を勧めた。

まだ先ほどの刑事たちの体温が残る椅子に、出雲と冴子は腰を下ろす。

「お話、よろしいですか？」

冴子の口調が柔らかくなる。

「……といっても私、何も憶《おぼ》えてないんです」

そういって咲良は俯《うつむ》いた。

「火が燃えてて……いきなりお母さんと士郎《しろう》が倒れて……」

「いえ、私たちが伺いたいのは、当日のことではありません」

冴子の言葉に、咲良はかぶりを振った。

「父は誰かに脅迫されてたりとか、トラブルになっていたりとかいうそぶりはありませんでした……元々、仕事の話を、家でするような人ではありませんでしたし」

よほど根掘り葉掘り刑事たちに聞かれたのだろう。少女は言われそうなことを全て先回りして答える勢いだった。

「脅迫電話とか、手紙とか、仕事先の同僚の人を連れてくることもなかったですし、私たちがお仕事の話を聞いても父は『話してはいけないという約束をしているんだ』と笑うだけで……細かい事はあの刑事さんたちにもお話ししましたけれど、学校の宿題でお父さんのお仕事を調べなさい、と言われたとき、初めて父の仕事が書記官だと知ったぐらいです。正直、今でも父が具体的にどういう仕事をいつ、やっていたのかもわかりません。確かに残業も多かったですけれど、それは大抵年度末だけで、他は定時に帰ってきて、ご飯を食べて、テレビを見て、お風呂に入ったら散歩をして、そんな生活の繰り返しです」

さっさと帰れ、といわんばかりの勢いの言葉に冴子は黙った。

☆

昼酒というのは、悪癖になるので、控えていたが、今日はそうもいっていられなかった。

照井秋吉は、十一月の陽射《ひざ》しが、僅かに背中から差し込む書斎で、暫《しばら》くぼんやりと椅子に座っていた。

目の前にはワイングラスと、ワインのボトル。そして缶のままのオイルサーディン。

書斎にある窓は、空気を入れ換えるための高窓で、書棚に光が差さないように、机に向かう秋吉の背中の幅以下の、小さなものしかないし、それも普段はブラインドで塞がれている。

日光は本の保存の大敵だからだ。

四十年前、家を建てたとき、ここで余生は書を読み、ものを書いて楽しもうと考えていた。

十二畳の壁三面を使った巨大な書棚には洋書から文学全集、百科事典までが並んでいる。年に一度埃《ほこり》を払うほか、まれにしか取り出さなくなった。

特に勤めていた経済産業省を退職してからは。

むしろ、その真ん中に僅かなスペースをもって作った酒瓶棚《バーキャビネット》のほうがよく使われている。

最初はそっけない、ウィスキーとグラスを並べるだけのものだったのが、今はワイン用の冷蔵庫が付くようになった。

秋吉は、ワイングラスに口をつけた。

シャトー・コス・デス・トロネルはボルドー・メドックの第二級とされながら、一級と同等の評価を与えられ「スーパーセカンド」と呼ばれるワインだ。

秋吉はワイングラスの液体をじっと眺めた。

五十四年は彼の生まれ年でもある。

本来なら感慨深く思えたはずだ。

今は砂を嚙《か》むような思いしかない。

息子と一杯、というのは男親の夢だというが、この状況下では互いに精神安定剤を飲みまわすヒッピーと同じ状態でしかない。

タンニン分が、柔らかく果実の中に溶け込んだ、滑らかな印象のワインを口に含む。

以前よりも少し甘く感じるのは、付け合わせがオイルサーディンだからだろうか

――と感じた辺りで、秋吉は少し自分がリラックスしているのを理解した。

息子の直彦は、そろそろ病院に到着する頃だろうか。

それにしても。

過去は書き換えられない、と判っていても思わざるを得ない。

どうして熊谷は、と。

彼が我《わ》が儘《まま》をいわなければ、自分が困ることはなく、ようやく「副業」で立ち直りかけた息子が見かねて説得を引き受けることもなく、殺人もなかったのに。

「あの国を出し抜くなんて、二度と出来ることじゃないんだ」

呟《つぶや》いた。

熊谷庸一と知り合ったのは二十数年前。

経産省が「通商産業省」で、防衛省がまだ防衛「庁」だったころだ。

経産省の抱えていた、GPSがらみのプロジェクトと、自衛隊の前線指揮システムとの連携が計画され、連絡会議で顔を合わせるうちに親しくなった。

十歳年の離れた熊谷と親しくなること自体は、秋吉にとって苦痛ではなかった。

官僚というのは同じ官僚同士、ある程度仲良くしなければ、思わぬ足を取られる。

まして、他の省庁ともなればなおさらだ。

やがて、連絡会議が終わると、飲みに行く仲になった。

財テク、という言葉が出始めたころで、熊谷は株式相場を妻名義でやって、酷《ひど》い失敗をしていた。

来週中に五百万を作らねばならない、と酔った勢いでコボした。

今、経理と共済に掛け合っているが、間に合うかどうか、とも。

その日の夜、泥酔して別れたフリをして、秋吉は自分の「上司」に連絡を入れた。

翌々日、秋吉は熊谷を軽く飲みつつの食事に誘った。

「あの件はどうなった？」

と聞くと顔色が暗い。芳しくはないらしい。

「よし、じゃあ私がなんとかしよう」

それだけで十分だった。

翌日、秋吉は「上司」から受け取った一千万を熊谷の前に積んだ。

「多すぎます」

驚く熊谷に、秋吉は、

「少ないよりはいいじゃないか」

と笑って見せた。

熊谷が感動して目を潤ませた瞬間、自分の工作が成功したことを秋吉は感じ、深い充足感を得ていた。

熊谷は、秋吉が勧誘した最初の「エス」になった。

最初は他愛のない噂話《うわさ》。つぎに「上を説得するのに必要だから」と会議の音声を録音させるようになり、やがて、熊谷は自分の本当の雇い主が誰かを知ったが、その頃には秋吉を当てにするようになっていた。

「日本は政府を挙げてあの国に奉仕してる。秘密なんか元からないんだ。だが、伝え忘れがあるかもしれない」

そのころの「あの国」は、日本にとって、冷酷で、寛容で、気まぐれな腕力自慢の兄だ。

逆らう理由は何処にもない。そして一方で神経質な部分もある。伝え忘れがあれば、それが後々、彼等の勘気を被る原因になるかもしれない。

「だから我々があちらに流すんだ」

秋吉が持論を語ったとき、熊谷がホッとした表情を見せた。

防衛「庁」が省に昇格してからも、二人の関係は良好だった。

熊谷も秋吉も、それなりに出世していった。

受け取る報酬は、高いままで固定されている。あの国は情報にカネを惜しまない。

というのに。

溜息が秋吉の口から漏れた。

今にして、熊谷は自分にとって、弟のようなものだったと思う。

息子には代えられないが。

「直彦、男になれ」

呟いた。

一人息子は、もう四十になる。

自分が老いを感じる今、今のうちに独り立ちさせるだけの度胸が必要だった。

直彦が自分が死なせた男の家族に会う、というのはそのための試練だ。

これを乗り越えられれば、彼は一人の男になる。

あとは、雇い主の「処理屋」が上手くやってくれるだろう。

「……」

それでも秋吉はなんとなく不安を感じ、普段開けない一番上の抽斗《ひきだし》の鍵を開けた。

中には、三代前の「上司」が引退祝いに押しつけてきたスタームルガーのバケーロが納まっている。

無事に栄転が決まってご機嫌だったのだろう。ワインでいいのに、と思いながらも、子供の頃にマカロニウェスタンブームを体験していた秋吉は、コルトのシングルアクション・アーミーに似たデザインでありながら357マグナムの使えるこの銃を選んだ。

一度だけ、信州の山奥で狩猟シーズンを狙って試射したことがある。

感想は「自分は映画の主役にはなれない」。

反動と音と当たらなさに、現実と虚構の違いを思い知らされた。

以後、付属していたマニュアル通りに銃身の薬室を掃除し、年に一回、表面を銀食器用の研磨剤をつけた布で磨き、ガンオイル代わりの自動車用防錆《ぼうせい》スプレーを振りかけ、この引き出しの中に収まっている。

美しかったガンブルーはだいぶ色あせ、銀の地金が出ているが、作動には関係ないからいい、と秋吉は考えている。

弾はひと箱…五十発。

念の為、装填した。

もしも、万が一、直彦の顔が見られており、「処理屋」がしくじった場合、これで自分の頭を撃ち抜こうと決めた。

そうすれば直彦は全て父のせいにできる。

遺書がいるな。

秋吉はそのことに気付き、久々に万年筆のインクを入れることにした。

☆

「これでいいですか……っていうか、もうこれ以上は喋れないです、憶えてもいません！」

顔をうつむけ、ヒステリックになる、ギリギリの所を辛うじて堪《こら》えた声で、咲良は言った。

数秒の沈黙。

咲良がゆっくりと顔を上げる。

昼下がりの病院の窓から遮光カーテン越しの陽射しと、室内の照明が混じって、清浄な室内を照らす中、少女はシーツを握り締めた。

「まだいるつもりですか？　私いま言いましたよね？　それでもいるつもりですか？　気味悪いんですけど？」

挑発するような視線を下からすくい上げるように向ける。

数秒、冴子は彼女の顔を見ていたが、立ち上がろうとした。

「そうだ、まだいる」

出雲が不意に口を開いた。

「三輪さん」

止めようとする冴子に片手をあげて制し、

「君は家族を失った。今を過ぎると、次には思い出を封印しようとする。家族に関する記憶をいいものだけ残して、悪いことを忘れようとする。そうなると記憶は曖昧になる。君の家族を殺した連中に繋《つな》がる手がかりも、なくなる」

「警察じゃないんでしょう、あなたたち。逮捕とかそういうこと――」

言いかけた咲良の眼を覗き込みながら、

「そうだ、警察じゃない」

出雲は頷いた。

その目を覗き込んだとき、咲良の動きが停まった。

「だから、復讐出来るぞ」

「ちょ、ちょっと三輪さん！」

停めようとする冴子に構わず、出雲は続けた。

「君たちの大事な家族を殺した連中を、俺たちなら」

凍り付いた咲良を、当初、冴子は怯えたと思った。

「俺たち……なら？」

咲良が訊ねた。

違う、と、冴子はその瞬間理解する。

（これは、メフィストフェレスに魅了されたファウストの表情だ）

人が、押し隠していた禁忌の思いを、ずばり当てられた時の顔だ。

冴子自身、対象者を調べあげ、誘導し、成功したとき、同じ表情を見ているから判る。

だが、それには入念な下準備が必要だった。

対象者を調べあげ、活動を観察し、思考を、癖を読む必要がある。

ところが、この自衛官は、一瞬で咲良の思っていた言葉を紡ぎだし、気難しい殻の中に閉じこもろうとした少女の心臓に、言葉で一撃を送りこんだ。

「俺たちなら、殺すことができる。一人残らず」

問題は、冴子が止める暇もなかった、ということだ。

「うそ……でしょ」

「何故《なぜ》、ウソだと思う？」

「日本で人殺しなんか出来ないもの」

「俺たちは出来る」

「じ、自衛隊の人なんでしょう？　防衛省の人なんでしょう？　そんな復讐なんて出来るわけがないじゃない」

否定しながらも、少女の声に力はない。

握り締めていたシーツが緩む。

「俺たちは自衛官じゃない。この人もだ。防衛省の中に席はあっても、いざとなったら関係など最初からなかったようにしている。君たちの家族を殺した連中も、恐らく同じ存在だ」

「でも、お父さんは……」

「君のお父さんには殺される理由があった」

ずばり出雲が言い、冴子は心臓が凍る思いがした。

ここまでの時点で機密を喋りすぎている。この上熊谷庸一が実は「エス」でした、とまで告げられれば、逆に咲良を放置することは出来なくなる。

一瞬、冴子の脳裏にそうなった場合のシチュエーションと予算、申請書類の山が乱舞した。

(こいつに喋らせるべきではなかった?)

後悔が胸を襲う。

「理由は、これから調べる」

安堵《あんど》した。さすがにそれほどバカではないらしい。

出雲は続けた。

「だが、今の日本の法律では、君のお父さんたちを殺した連中に罰を与えることは出来ない。――俺が絶対に理由と原因と犯人を見つけ出し、罰として、犯人を殺す」

（……な！）

出雲が言った言葉は、冴子の予想よりも最悪だった。

自分たちが殺し屋のような存在であること、熊谷家が超法規的な争いに巻きこまれたことを、これでは、明かしたようなものだ。

熊谷咲良は、決して愚かな少女ではない。そのことは手元にある資料と、これまでの会話で理解している。

ＳＮＳによって情報が拡散される、という諜報機関関係者の恐怖は、同時にこの国の人間の多くが、「面白くもなく、都合の悪い事実を人は気にしない」側面も浮き彫りにした――だから少女がこの程度の事実を知っても、という考え方が国内にはある。

冴子は違う考えを持っている。

後ろ暗い国家の秘密を知る、というのは人を歪《ゆが》める。

若ければ若いほど早く、大きく歪めてしまう。

秘密を知るということ、自分だけが知っているという昂揚感《こうようかん》、自分は他とは違う、という満足感――時にそれは冴子のような仕事をしている人間のように「恐ろしい」という反応を引き出すが、まだ十代の少女にそれを期待は出来ない。

自分も十代の頃、同じ立場に置かれたらどうするか。

彼女がばらまく先をSNSではなく、マスコミ……それも海外に、となればどうなるか。

中国、ロシア……どちらかに渡ってしまえば、彼女と情報は向こうの武器に変わるだろう。

十代の少女が知る秘密、として海外から戻ってくればそれは十分に「面白いニュース」になるからだ。

事態は収拾できる。そのためのリソースを考えなければ。

恐怖という物では無く、果てしなく巨大な厄介ごとが膨れあがってくる憂鬱に、冴子は苛《さいな》まれたが、ここまで来たら、行き着くところまで行かせねばならない。

「だから、まだ家族の記憶がちゃんとあるうちに、全部話をして貰う」

出雲の口調は相変わらず無感動、無感情のままだ。

表情も動いていない。

咲良と出雲は暫く黙った。

冴子も黙る。

胃の痛くなるような沈黙。

彼女が「信じられない」と言っても、「信じる」と言っても後処理が必要になる。

もしも咲良が頑迷さも併せ持つ少女であれば、社会的な「処理」も視野に入れる必要があった。

まだ十代でも国家の、公安の脅威になれば、容赦は出来ない。

咲良の天秤《てんびん》はどちらに傾くか、次の一瞬で判断しなければならない。

「……判りました。なんでもお答えします」

答えた咲良の眼は、全面的に出雲を信じる眼だった。

「ただし、結果が欲しければ、我々が来たことを全て黙っていて欲しい、質問の内容も、どう答えたかも、我々の反応も」

「……はい」

冴子は溜息をつきそうになった。

とりあえず、当分監視は必要だが、彼女は恐らく裏切らない。

視線を感じた。

出雲がこちらを見て小さく頷いた。

尋問をしろ、ということだ。

「あ、そ、そうね……まず、あなたの憶えているお父さんとの最後の会話は？」

☆

たまたま目の前で一台出て行ったため、照井直彦はトヨタ・パッソを入り口近くの駐車スペースに停めることが出来た。

不安が胸の中に膨れあがってくる。

耐えきれなくなって、ダッシュボードから精神安定剤を取りだして飲む。

唾液でなんとか流しこんだ。

「落ち着け、落ち着け、落ち着け」

父の秋吉が思っていることは、息子の直彦にとっても感じていることだった。

咲良が自分の顔を見ていたにせよ、見ていなかったにせよ、会わねばならない。

そしてしらを切り通さねばならない。

自分の幸せのためではない。自分を乗り越えるために。

これまで出来なかったことをするために。

通常の量なら薬効が働くのに三十分かかる。

もう一度ダッシュボードに手を突っ込み、安定剤を倍飲んだ。

胃の中で溶け出す量は倍になる、だから薬効も半分の時間で現れる筈だ。

帰り際には倍になった薬効が、身体に廻《まわ》って動けなくなるかも知れないが、その時には運転代行を呼べばいい。

急がねば、と思いつつ、座席を倒すとスマホを操作して、アプリの中のヒーリングミュージックをかける。

☆

冴子の尋問は当人が思っていたよりも短くて済んだ。

咲良の記憶が、出雲のショックもあってか、滞りなく思い出されていったからである。

熊谷庸一の交際範囲は驚く程狭かった。

統幕の書記官である以上、無駄に広ければ「エス」であることを疑われるから、これは当然とも言えた。

熊谷は毎月一回、ゴルフに「付き合い」でいくだけで、あとは殆《ほとん》ど模型作りが趣味だったという。

踏み込んだ部屋に模型類は殆どなかったが、完成品はこの一ヶ月で、全て人にあげてしまうか、オークションなどで売り払ってしまっていると判明した。

聞くと「終活だ」と笑ったという。

確かに、もう父は五十八歳にしては老けた外観であるし、ここ数年は体調も悪く、それをはじめてもおかしくはない、と納得してしまった。

週に一回、休みの日には必ず、中野《なかの》にある小さな模型屋に行くのが、家にいるときの日課だったという。

「弟はよく一緒に行ってましたけれど、最近は中学の部活が忙しくて」

咲良の声が震えた。

この辺が限界だろう、と冴子は判断した。

「ありがとう。明日、また来ます」

「あの」

咲良が顔をあげて出雲を見た。

「こういうことを聞くのはおかしいと思うんですけれど、私、一度あなたにお会いしていませんか？」

「いや」

出雲の声は素っ気なかった。

「君と会うのは今日が初めてだ」

たちあがり、一礼する。

「そう……ですか」

咲良が戸惑った声を出すが、出雲は構わず病室のドアを開けて出ようとした。

☆

「あ、す、すみません」

長い廊下には、どこかどんよりした雰囲気を身に纏《まと》った四十代後半の男が、途方に暮れた顔で入り口を警護していた警官に尋ねていた。

「あの、警察の方ですか？」

「はい」

制服警官にそういうことを言うぐらい、男は戸惑っていた。

「熊谷咲良さんの病室はここでいいんでしょうか？」

「ええ」

「あの、ボクはその……て、照井直彦と言います。ぼ、ボクは、父が、熊谷の叔父さんとは碁敵で、子供の頃は良く遊びに行ったりしてたものですから」

どっと男の顔から汗が出た。

素早く出雲は男の様子を確認した。

素手で、武器を持っている様子はない。

瞳孔が開き気味、身体がふらついていて、視線が定まらない。

何らかの薬物を服用しているようだが、麻薬の類いではない。

マリファナの匂いはしないから、向精神薬だろう。

「直彦おじさん？」

振り向くと、咲良がベッドから降りた。

「大丈夫？」

冴子が駆け寄るが、咲良はわずかに肩を庇《かば》うだけで病室の入り口まで出た。

「直彦おじさん」

ホッとした表情を浮かべる咲良を見て、直彦の顔が泣き出さんばかりに緩む。

その太った身体《からだ》の向こう側に、小さな影を出雲は見つけた。

視界の色が精彩になる……危険の証拠だ。

廊下の奥、階段から出てきていた。

気配を消して、うつむき加減にフードにマスクをしていたが、その下にさらにホッケーマスクのような黒い仮面をつけている。

手にしていたボストンバッグから、何かを取り出す仕草が見えた。

南アフリカでは見慣れた銃。そして中から大量の煙。

そして、床に煙の元である救助要請用の発煙筒が跳ね返った。

「伏せろ！」

言いながら出雲は、コートの内側に吊《つ》るしておいたSIG・MCXを引き抜いて、安全装置を外しつつ、床に伏せた。

相手のほうが早かった。

腰を低くし、煙立ちこめる奥へと移動しながら、AKS74Uがけたたましく銃弾を吐き出す。

身体が地面につく瞬間に、出雲は引き金を絞る。

反動が身体を揺らし、薬莢《やっきょう》が床に跳ねる。

相手の銃弾は警備の警官をズタズタにしながら貫き、照井直彦と名乗った男の、後頭部から額にかけてを撃ち抜いた。

血飛沫《ちしぶき》が廊下を染める。

発煙筒の煙を感知して、火災報知器が鳴り響く。

照井直彦と警官たちはそのまま、折り重なるように、くたりと倒れ、出雲の銃弾はフードの男の周辺に散った。

出雲の狙いは正確だったが、男の後退する速度が速い。

「荻窪さん、無事か！」

叫ぶ。後ろを見られる状況ではない。

煙の中から、フードの男はひょいと顔を出して撃てる。

あるいは、煙の中から撃ってくる。

「こっちは無事！　何人いるの⁉」

ひとりだ、と答えかけ、出雲は煙の向こう側に複数の人影と殺気を感じた。

この前熊谷の家で聞いたのと同じ中国語が聞こえる。

同じ音源を再生して、中国人の襲撃に見せかけたいのだろう。

MCXの引き金を、断続的にその人影目がけてリズミカルに落とす。

狙うのは身体の中心線上に、首、下腹部、股間、そして左右の足首。

最近のボディアーマーは優秀で、ただ胴体を狙うだけでは倒れない。その五箇所を狙うのが一番いい。

装着した光学サイト越しに、素早く先頭を来た、AK使いの下腹部を横薙《よこな》ぎにしながら狙った。

二人ほど倒れ、銃声が轟《とどろ》いて、床を撃ったAKSの跳弾が、出雲の頭上から天井を撃ち抜いて穴を開ける。

出雲は起き上がり病室へと後退し、ドアを閉めた。

建材が砕けて落ちる、さりさりという音が、わずかに聞こえたのもつかの間。

すぐに、複数の銃口からの弾丸がドアを貫き、水平に掃射される。

出雲はドアを閉じると同時に、横に飛び、床に伏せていた。

スプリンクラーが作動し、病室内を水浸しにする。

サイレンはますます甲高く鳴っているが、それを切り裂くようにAKの銃声が轟き続けた。

壁を貫いてAKSの5・45㎜弾が飛んでくるが、貫通の衝撃であらぬ方向へと着弾していく。

フルオート射撃だ。頭を上げれば死ぬ。

元々AKシリーズは、フルオート射撃のさい、水平に弾が広がるように出来ていて、面制圧の機能が高い。

出雲はひたすら床に伏せ、匍匐《ほふく》前進で室内の一番太い柱のそば……部屋の隅に移動する。

反対側の隅には冴子が、咲良を抱きかかえて伏せている。

自分を僅かながら盾にするあたり、「ゼロ」とはいえ警官なのだろう。

背後の窓を見ると、垂直式シューターが展開されて見えた。

普段は箱の中に格納されてる、チューブ状の避難器具だ。

これまでの標準だった、滑り台のような斜降式と違い、下に固定する人員を要さない。

展開はされているが、銃撃が激しく、中に入るタイミングを逸したらしい。

敵の銃撃が止《や》んだ。

「討って出る」

出雲は、まだ十数発残っている弾倉を、新しいものに取り替えながら言った。

自衛隊で公式には教えないが、実戦においては、いつ弾切れを起こすか判らない中途半端な弾倉は、隙を見て、なるべくフル装塡された弾倉に入れ替えておくことが、生存に繫がる。

「その間に逃げろ。武器はあるな？」

「ええ」

冴子が手にした銃を見せた。

驚いたことにロシアの現用制式銃、イジェメック・MP－443だ。

使用弾薬こそロシア独自のものから世界規準の9㎜パラベラムに変わったものの、ポリマーフレームが全盛のこのご時世に、スライドも本体も、ロシアらしく、全て質実剛健なスチール製の銃である。

十八発も入る弾倉は分厚いが、背の高い冴子の長い手指には、問題なく納まっていた。

自衛隊でさえ、富士の銃器研究所に一挺《ちょう》所有しているだけ、という珍品である。
(公安が、警察の押収した銃器を『ゼロ』で使ってる、って噂は本当だったか)
最近聞いた、そんな話を思い出す。
「3でいく」
思考を切り替えて、スリングを首に通し、MCXを構える。
心臓が限界まで高鳴るのが心地よい。
体温が上がる。限界まで上がる。
それなのに頭の中は冷たく冴《さ》え渡っていた。
「1、2、3!」
言い終える前にMCXの引き金をドアに向けて落とした。
フルオートでうちまくりながらドアを蹴破って転がる。
敵はいない。
耳を澄ますとサイレンとスプリンクラーの水音の中、階段を走る足音が聞こえた。
(しまった)
出雲は己の失策を悟った。
相手が傭兵《ようへい》なら、切り上げ時を弁《わきま》えている。
煙幕がスプリンクラーによって消滅した後もここに居座る理由はない。

病室に戻る。

すでに冴子はシューターを使った後だ。

下を見ると、冴子たちが移動していくのが見えた。

車のある地下駐車場ではなく、真っ直ぐ病院の入り口へ向かうのを見て出雲は安堵しかけたが、気を引き締める。

こういう場合、奴らはただ逃がしてくれたりはしない。

「置き土産」がある。

冴子の動きが彼等より速ければ、そのまま罠《わな》をすり抜けられるが、そこまで甘い相手とは思えない。

出雲はタクティカルグローブを塡《は》め、ポケットの中に入れていたスキーマスクを被《かぶ》りながらシューターの中に飛びこんだ。

華やかな女物の香水ではなく、地味なファンデーションと制汗剤の匂い。

前者が咲良のもので、後者が冴子のものだと出雲は思った。

柔らかい羽毛布団の中に突っ込まれたような、白い繊維のトンネルの中を落ちる。

ＭＣＸを身体の前で抱えるように両手を交差させ、爪先を揃《そろ》え、パラシュート降下の体勢を取る。

本来なら途中で何度か手足を広げて、落下速度を落とすが、そのまま三階分を降りて、最後の一階分で手足を広げてブレーキをかける。

MCXは顔面を打たないように、顎で抑え込んだ。

手指がグローブ越しでも内部で擦《こす》れて、火傷しそうに熱くなるが、構わずにブレーキをかけ続け、出口が見えるとMCXを抱きかかえるように背中を丸め、地面に転がる。

着地の衝撃は足先で受け、そのまま全身を縮めることで最小限にし、勢いは転がることでベクトルを変える。

踵の折れたローヒールのパンプスが一揃い転がっているのが眼に映る——冴子のものだろう。

即座に立ち上がった出雲は、MCXを構えたまま、周囲を警戒しつつ走った。

AKの銃声が轟く。

9㎜パラベラムの銃声が応じる。

出雲は銃声の方角に急いだ。

中庭を横切り、病院内に入る。

ドアを明けた瞬間、悲鳴と怒号と共に、血臭が鼻をついた。

壁という壁に弾痕が残り、通路のあちこちに空薬莢が転がり、ところどころに射殺死体が転がっている。

看護師もあれば医者もあり、見舞客、さらには車椅子に乗った患者までが犠牲になっていた。

人混みの中で、奴らが発砲したのは間違いない。

出雲は人の倒れている箇所と弾痕を追いかけた。

通路を通り、待合室に行く。

もう一つ判ったことがある。

奴らは楽しんでいる。

死体は、吹き抜けになっている二階や、出入り口に面したロビーにも転がっていた。

そして、こめかみに穴の開いた、ＡＫ74Ｍを持った死体もふたつ。

ＡＫ74の近代改良型で、昨今流行《はや》りのピカティニーレールをもち、光学機器やフォアグリップなどを装着出来る様にしたものだ。

これにも短焦点光学照準器《ドットサイト》が装着され、先台にはフォアグリップがついている。

薄手のジャンパーの下、ボディアーマーを兼ねたチェストリグを装着し、そこに四本の予備弾倉を入れている。

出雲はその死体からＡＫと予備弾倉を三つを奪った。

残弾の少ないＭＣＸは腰の後ろに回す。

更に銃声が響く。

地下に降りる階段からだ。

☆

最初、冴子はシューターから降りた後、中庭を通って玄関に抜けるつもりだった。敵が追ってきたが、辛うじて見つかる前に、病院内に逃げ込んだ。敵が待ち伏せもしているとは、思わなかった。院内に入って足の速度を緩めようとした途端、待合室で俯《うつむ》いていた男たちが数名、持っていたバッグからAKを取り出して撃ちまくった。走り出すと、まるで虐殺を楽しんでいるかのように、周囲の人間を撃ち殺しながら一定の速度で追いかけてくる。

進行方向とは関係のない、ロビーにいる人たちまで、銃弾を浴びせた。

地下駐車場へ続く階段で、荻窪冴子は踵の折れたローヒールを脱ぎ捨てて裸足《はだし》になっていた。

拳銃はライフルには勝てない。ましてアサルトライフルともなれば。

冴子は、それでも二人までは倒した。

当てるだけなら五人に当てたが、三人はジャンパーの下にボディアーマーを着込んでいて致命傷にはなっていない。

（まるでハリウッド映画じゃない！）

叫び出したい気分だった。

公安の、「ゼロ」の仕事は基本的に地味なものだ。捜査し、潜入し、工作し、交渉し、取引する。

銃撃戦は滅多にない。あったとしてもほんの一瞬。

銃弾が、延々とこちらを追いかけてくる、という状況はあり得ない。

今、自分がその状況にあるのは信じたくないが、事実は受け入れるのが「ゼロ」の職員だ。

なによりも警察官として、今自分の腕の中で震えている少女を守らねばならない
――「ゼロ」の捜査官が最初に棄《す》てるのは警察官としての矜持《きょうじ》だが、同時に最後まで残るのも警察官の矜持だ。

予備弾倉はあと一つ。今の弾倉も半分は弾を撃ち尽くしている。

（物騒な敵だと思ったから三つも予備弾倉持って来たのに！）

出雲のように、自分もサブマシンガンの一挺も、スーツケースに入れて持って来るべきだったと後悔するが、今はどうしようもない。

倒した敵の武器を奪う余裕はなかった。

最低でも敵はまだ四人いる。

頭を狙う、というのはかなり難しい。

人間が動く時、最初に移動するのは、頭だからだ。

撃つ瞬間、ほんの一ミリ銃口が狙いからズレても、標的に届くまでにその誤差は拡大していく。

銃撃は続く。

中国語が反響して聞こえるが、それは機械的なもので、同じ単語をくり返していた。

前回の銃撃戦でも同じ声を聴いたから覚えている。

中国の情報部がやっている、と偽装したいのだろう。

「せこいわよアメリカ！」

非常階段の明かりの中、毒づきながら冴子は階段に伏せつつ、銃を撃った。

相手は半分に押し開いた防火扉から撃ってくる。こちらは急な角度の非常階段に腹ばいになっているのと非常灯に切り替わった薄暗さのおかげで、辛うじて当たらない。

「立ち上がらないで、そのまま肘と膝で下に下がって！　踊り場についたら、走って降りるの！」

パンツスーツの冴子はともかく、背後で伏せた、病院着の咲良には肩の傷も含め、少々酷だが、命には代えられない。

銃撃が止んだ一瞬を狙い「今よ！」と促す。
踊り場まで来ると、咲良は立ち上がる。
冴子も匍匐後退しながら、銃を撃った。
立ち上がる。
踊り場をすぎ、残りの階段にさしかかった。
途中、防火扉の取っ手を引っぱる。ゆっくり閉まり始める。
ここを半分以上降りたら、相手は半開きになった防火扉を、元に戻して追うしかない。
時間が稼げる。
慌てて走りる咲良の細い脚がもつれ、転びそうになった。
声のない悲鳴が咲良の口から漏れる。
真っ青になった彼女の腕を、冴子が摑《つか》んで支える。
防火扉の向こうから手すりに身体を乗り出し、敵がAKを構えた。
イジェメック・MP-443を向け、引き金を引く。
一発、相手が身を置いた手すりに当たった。
そこでイジェメックの遊底《スライド》が開きっぱなしになって動かなくなる――弾切れだ。
真っ青になる冴子の目に、銃口が自分の額に線を結んだのが判った。

死ぬ。

二つの文字で頭の中が真っ白になった瞬間、けたたましいAK74Mの銃声と共に、敵が銃を取り落とし、痙攣《けいれん》するようにしてグズグズと倒れた。

「無事か！」

スキーマスクを被り、AK74Mを構えた出雲が怒鳴る。

「AKを拾え！」

言われるままに拾って軽くボルトを引いてみる。先ほど銃床のほうから先に落ちたのもあるが、頑丈さには定評のあるAKシリーズ、何の問題もなさそうだった。

二〇㎜レールの上に乗っかった光学短距離照準器《ダットサイト》も異常なく点灯する……腹の立つことに公安のものよりも、明るくて見やすい、ドイツ製の最新式だ。

さらに言えば銃床も、M4系の伸縮銃床に変えられている。

銃自体はともかく、間違いなくこの装備の豊かさは、アメリカのものだった。

湾岸戦争以後、現地警備をするようになった、軍人くずれの多い傭兵会社《PMC》の連中がカスタムしたAKそのものである。

敵に回すと恐ろしい武器だが、自分の武器としては重すぎる。だがその重さが、頼もしくもあった。

（六四式やG3よりは軽いわ）

出雲はその間に殺した敵のポーチからマガジンを拾い、こちらに投げてきた。

これも慌てて受け取る。

「弾倉を取り替えろ。弾切れは遅いほうがいい」

言われるままにした。下手に残弾を惜しんで弾切れになる恐怖は、先ほど味わったばかりだ。

M4やH&Kと違い、AKシリーズの弾倉は、リリースボタンを押したら勝手に落ちて来たりはしない。前に向かって回転させるように抜き差しする。

そのことを思い出すのに二秒ほどかかったが、

「あと二人いた筈だけど？」

「俺が来るまでに撤退していた。追いかける余裕はない」

「で、どうするの？」

「やつら、君たちを誘導していた。ロビーで発砲したのも行く先をコントロールするためだろう。つまり、このまま地下駐車場にいくと、死ぬ」

「車？」

自動車爆弾は、海外では珍しくもない暗殺の手段だ。

「多分な」

出雲は腕時計を見た。味も素っ気もないタイメックス。

「俺たちが病院に来たのが一時間前、奴らの襲撃から三十分。十分に仕掛ける時間はある」

「どうするの？」

「他の車を奪うか、引き返すかだ」

「今時、針金と結線で奪える車なんかないわ」

「それなら心配しないでいい」

出雲はコートのポケットからインテリジェントキーを五つも取りだし、三つを冴子に投げた。

「地下駐車場に入ったらエンジンを起動させろ」

「あきれた……死体から取ってきたの？」

「生きている人間からは取らない」

出雲は平然としたものだ。

（幽霊は動じない、ってこと？）

少し皮肉に冴子が思っていると、

「これは全部医者のポケットに入ってた。従業員の駐車場は大抵、一般より離れた場所にある。駐車場に入って、キーを押したら、俺たちの車に一番近い車に乗れ。乗ったら、ここで落ち合おう」

そう言って出雲はスマホを見せた。

出雲たちの頭上で、複数の監視カメラが、全てを冷たく見下ろしていた。

☆

「こちらK4、相手は網にかかった、最終段階配置へ移動開始。死体を回収させろ」

監視カメラの画像を、膝の上に乗せたタブレットPCで見ながら、マスクをつけたフードの傭兵――R・リューは部下たちに命じた。

病院の警備室……モニターの前に警備会社の警備員たちが、数名、喉をナイフで掻《か》き切られて死んでいる。

『ボス、上手い具合に新入りたち全員片付きましたね』

ニヤニヤ笑いが判る声で、部下の一人が言った。

『ボスが先陣切るときは、大抵ヤバい状況なのは判ってましたが、全員やられちまうとは』

「そういう相手だ、イズィーモォ・ミワは」

淡々とR・リューは答える。

『これで彼女の仇《かたき》が討てる』

別の部下が短く言う。

『奴もこれでIs more（必要）からNo more（不要）になるってわけで』

死体を回収する役割の部下が、重いものを引きずる、かけ声の合間に軽口を叩いた。

「K1、K5無駄口を叩くな、K3、警察の動向は押さえてあるが携帯基地局の範囲に逃げ出した奴らが通報する。発煙筒を全部使え。制服警官はなるべく殺すな。この国の警官も、勤務中の身内が殺されたら躍起になる」

『了解《コピー》』

『了解《コピー》』

『了解《コピー》』

軽口を叩こうが口が重かろうが、そこは戦場を幾つもかいくぐってきただけの、強運と判断力の男たちである。即座に任務へと思考を切り替えた。

「これが上手くいったら、あとは背中を気にせずに『本番』が迎えられるぞ」

言って、マスクの下、R・リューは引きつった笑いを浮かべた。

無線を切り替える。

「奴が移動する。スイッチはあんたが押すか？」

『……いや、奴はそれでも生き延びるかもしれん。こっちは待機する』

考えすぎだ、と言いかけてR・リューは考えを改めた。

「そうだな、奴はそうやって、あの子を犠牲にして生き延びた」

『どっちにせよ、奴は俺たちの前にまた、出てこざるを得ない』

「来るか？　逆らうだけの力が奴にあるか？　日本人だぞ？」

『あるか、ないか、じゃない』

無線の相手は冷徹に告げた。

『やつにはそれしかないんだ、もう――我々と同じだ』

☆

地下駐車場の扉の前まで来ると、出雲と冴子は片っ端からインテリジェントキーのボタンを押した。

エンジンがかかる。

ふたりはうなずき合った。

「咲良ちゃん、キツいけど、ここを越えたらあとは安全な場所まで行けるから」

冴子が囁《ささや》くと、コクコク、と咲良は頷いた。

そして、出雲を不思議そうな顔で見つめる。

「やっぱり……あなたは……」

父親が殺された夜の記憶が、はっきり戻ったのだろう。

「喋るな」

出雲は短く言って少女を黙らせ、AKを再点検する。

新しい弾倉に入れ替え、残り二本になった弾倉はコートのポケットに入れる。

「いくぞ」

そう言って出雲と冴子は扉を開けて、地下駐車場に飛び出すと、四方に仕掛けられた監視カメラを銃撃した。

☆

カメラを出雲たちが銃撃した瞬間、R・リューは自分たちが彼等を監視していることがバレている、と理解した。

「くそったれ！」

リューは、三台目が撃たれた瞬間に、口汚い四文字英語を吐きつつ、タブレットPCに接続された紅《あか》いボタンを叩いた。

爆発音から少し遅れて、爆発の震動が伝わってくる。

院内から大量の悲鳴が巻き起こった。

「総員撤収《オールアウト》！　総員撤収《オールアウト》！」

全体無線に叫んで、リューは監視システムの入ったPCからタブレットに繋げたUSBケーブルを引き抜き、代わりに小さな練り消しゴムサイズのC4爆薬をハードディスクの辺りに貼り付け、警備室を出た。

タブレットのアイコンを押すと、背後の警備室で爆発が起こる。これでPCは修復不能なまでに破壊されたはずだ。

病院の外で焚《た》かれた発煙筒の煙がゆるやかに、スプリンクラーが一時停止した院内に流れてくる。

リューは、非常扉を開けて、もう一つの非常階段を下り始めた。

こちらもじきに地下駐車場から吹き上がってくる爆発の煙に満たされる。

☆

「大丈夫か？」

監視カメラを撃ち抜いたと同時に、出雲と冴子は扉の中に戻ると、その左右の柱の陰に伏せた。

出雲が今度は咲良の上に覆い被さって守る。

果たして爆発が起こり、扉が内側に吹き飛んで、コンクリートの壁に派手にぶち当たった。

「よし、逃げるぞ」

出雲は咲良を抱き上げると、そのままひょいと肩に担いだ。

「悪いが、こうしたほうが早い」

さすがに民間人である女子高生には少し気を遣うらしい、と冴子はまだ爆発でクラクラする頭で思った。

「ハリウッド映画なんて大っ嫌い」

出雲に言われたとおり、耳を両手で塞ぎ、眼を閉じ、大声を張り上げて爆発に耐えたが、それでも衝撃波と爆発音は、ハリウッド映画で見るよりも遥《はる》かに大きなダメージを彼女に与えた。

映画でよく見るように、ただ伏せているだけだったら、今頃内臓へのダメージ、鼓膜のダメージで動けなかっただろう。

爆発時に叫ぶことで口を開けるのは、特に重要だった——あまり重要視されないが、衝撃波は身体の中の空気を震わせ、口を閉じていると行き場を失って内臓全体を揺さぶるダメージを与えるからだ。

咲良にいたっては、冴子と同じ様にしたにも拘わらず、完全に気絶している。

呆《あき》れたことに、出雲は平然と急ぎ足で、まだエンジンを動かしている車を探して移動していった。

冴子は溜息をついて、その後を追う。

二分ほど前、てっきり地図が示されていると思ったスマホに、

「監視されている、唇を読んで音声化されているかも知れないから、黙って頷け」

という文言からはじまる数行の指示があったのには驚いたが、顔に出さなかったのは我ながら良くやったとは思う。

もっと驚いたのは相手が出雲の読み通り、監視カメラを撃った途端に爆発を起こしたことだ。

もうもうとした煙の中、目をこらすと、出雲の車も冴子の車も木っ端微塵《みじん》に吹き飛んでいた。

多分、両方の車に爆弾を仕掛けていたのに、違いない。

駐車場の片隅に停められていた、トヨタのアリオンの後部座席に出雲は咲良を横たえた。

「行くぞ」

出雲は運転席に当然のように滑り込む。

「なんであなたが命令するの！」

怒鳴りながら――爆発の後遺症で、耳鳴りがするため、そうしないと自分が声を出しているると認識出来ないのだ――冴子は助手席に座った。

シートベルトをつけようとすると、出雲が手をかざして制した。

「いざというとき伏せられない」

ぞっとした。

状況はまだ終わっていないらしい。

出雲は淡々と車を操作し、発進させた。

煙の立ちこめる長いスロープを駆け上り、地上に出ると何か光るものが、出入り口正面のビルの上に煌《きら》めいた。

思わずダッシュボードに伏せる。

出雲がハンドルを急に切った。

三つの弾痕がフロントガラスとサイドウィンドウ、リアガラスに開いた。

銃声は遅れて聞こえる。

構わず出雲は車を走らせ、煙たなびく病院の前を突っ切り、最初の路地へと飛びこんだ。

パトカーのサイレン音が背後を過ぎていく中、出雲は素早くハンドルを切りながら、車幅ギリギリの路地に、アリオンを走らせる。

やがて、国道に出た。

「もう、大丈夫だ」

言われて冴子は顔を上げた。

車が速度を落とす。

「この近くのショッピングモールで車を変えよう」

冴子は出雲の横顔を見た。

笑っている。

楽しげに、面白い遊びを今、終えたばかりのように。

(化け物だ)

ぞっとした。さっきとはまるっきり別の意味で。

この男は、戦場を楽しんでいる。

☆

「いかがでしょうか」

通訳の問いかけに、キリアン・クレイは微笑《ほほえ》んで頷き、

「大変素晴らしい《Very impressive》」

と答えた。

日本政府主導の第三セクター、新東《しんとう》アカツキエレクトロニクスが作る、筑波のスマートシティ実験場「タカマガハラ」。

ドーム状の天井で覆われた巨大な街である。

東京ドーム十個分、四七万㎡の面積を持つ街にはビルが立ち並び、アパート、コンビニ、デパートも入っていて、車も走っている。

無人車両である。

千台の無人車両が片道四車線の大きな道はもちろん、一方通行、あるいは軽自動車がすれ違うのがやっとという街並みをすいすいと遅滞なく走って行く。

さらにはジャイロで制御されたスクーターまでもが無人で行く様はＳＦ映画そのままだった。

実験都市だけに、殆ど人がいないのもその印象を高めている。

「『ウェスト・ワールド』のようにロボットのホストはいないんですか？」

テレビドラマをネタにした、軽い冗談をキリアンが口にすると、通訳と案内のアカツキエレクトロニクス技術者たちは苦笑した。

「ロボット技術は残念ながらいまや、お国のボストン・ダイナミクスのほうが何歩も先を行ってますよ」

「しかし、よくこれだけの設備が制御出来るものだ」

「それに関しては次世代通信技術の賜物《たまもの》です」

そう言って、技術者は街灯を指差した。

「フィンランドで採用されたLi-Fi《ライ＝ファイ》技術の応用で、あらゆる場所の照明が中継装置としてネットと機器を繋いでいます。通信処理能力は5Gの六倍の四〇〇ギガbps、街中の監視カメラと誤差一センチ未満の位置情報システムを使い、量子コンピューターと連動することで二秒先の自動運転予測計算が可能になっています」

「というと？」

「突発的な事故にも八十％は対処出来ます。もっとも、これはこの実験都市での数字ですが」

案内している技術者は反っくり返りそうなほどに誇らしい表情で続けた。

「ですが、もう二年もすれば九十％を越えられると思います。通信技術も含め、世界を変える技術だと、我々は自信を持っております」

「なるほど……我々のお偉方が目を剝《む》くのが目に見えますね」

キリアンはほぼ無人の街を闊歩《かっぽ》しながら呟くように言った。

「通信は空気となり、水とガス、電気に並ぶライフラインの一つとなる……量子暗号によるブロックチェーンに加え、四〇〇ギガの通信で情報が伝えられるということは、VRシステムの中に触感や嗅覚に相当する情報も、安全かつタイムラグ無しに送れる、ということですよね？」

「その通りです。この技術が拡散していけば、僻地と都市部の違いや、格差は埋まっていきます。僻地の高齢者も、都市部の若者も変わらない技術の恩恵を受けることが出来るようになり……」

なおも続く技術者の自画自賛手前の解説を聞き流しながら、キリアン・クレイはこの街の建物の何処に何をすればよいのか、を考えていた。

☆

遺書を書いた後、ワインの力を借りて、軽い午睡を楽しんでいた照井秋吉の元に、凶報が飛びこんで来たのは病院での銃撃戦が終わったその日の夜だ。

「あなた、あなた！」

妻の彰子《あきこ》がドタバタと派手な足音を立て、こけつまろびつ、壁にぶつかりながらも一階の奥にある書斎のドアを、ノックもせずに開けた。

「どうした？」

結婚して以来、彼女がノック無しでドアを開けたことはない。

起きて酷く部屋が暗くなっていることに気がついた。

ソファの横のサイドテーブルに置いてあった眼鏡をかけながら、ついでにリモコンで部屋の明かりをつける。

「直彦が、直彦が！」

悪い予感が、一気にまどろみから意識を覚醒させる。

「どうしたんだ？」

「病院で、病院で……」

「倒れたのか？」

「死んだ、って……死んだんですって……今日のテロで………」

妻はそう言って手で顔を覆い、号泣しはじめた。

ぽかんと口をあけたまま、言葉の意味を受け止め、理解するのに、秋吉は三十秒ほどその場に立ち尽くした。

家の外に急ブレーキの音が連続して聞こえた。話を聞きつけたマスコミが殺到する音だが、息子の死を理解した秋吉の頭がその事実を処理するにはまた更に時間が掛かる。

☆

それから三時間後。

熊谷咲良は、タクシーとレンタカーを乗り継いだ出雲たちに連れられて、一旦警察庁に避難してきた。

地下駐車場に止まったレンタカーの周囲を最新型の防弾盾を持った警察庁の制服たちが囲む中、咲良たちは車から降りる。

「要請が許可されたわ」

すぐに渡されたスマホで上司の牧副管理監と連絡を取った冴子が、エレベーターに乗りながら言う。

「あなたは、改めて公安警察が独自の安全な隠れ家──『セイフ・ハウス』に保護することになりました」

咲良は無表情である……疲労がそろそろ頂点に達しようとしていた。

肩に巻いた包帯が、出血していないのはせめてもだ。

「どうする？」

出雲の言葉に、

「従います。今日のことではっきりしました。私、まだ死にたくありません」

咲良はそう言って、その指示に従った。

別れ際に、咲良は出雲に深々と礼をした。

どんな感情が少女の胸の内に宿っていたかは定かではない。

出雲も語らなかった。

▽第五章・隣人死亡

☆

『目黒の都立病院での銃乱射事件、続報が入って参りました』

翌朝、ラジオの中では緊張した声で、アナウンサーが原稿を読み上げている。

『警視庁の発表によりますと昨日の午後、目黒の都立病院で発生した銃乱射及び爆破事件の犯人の遺体や、一般市民の撮影した動画などから調べたところ、襲撃者はインターポールで指名手配を受けていた中国系マフィアの関係者であると判明しました』

三輪出雲は、いつも通りの、朝の鍛錬メニューをこなしながら、それを聞いている。

昨日の夜は、あれから、村松に指示を出し、藤井寺に紹介された元自衛隊病院の医師を訪ねて、防弾コート越しに受けた銃弾による打撲の痕や、細かい傷の治療を受けたあとは、真っ直ぐ家に帰って眠った。

久々に深く寝たらしく、寝起きは悪くない。

三〇〇回のプッシュアップからスクワットに移る。

アナウンサーは、警視庁の発表によると、中国系マフィアが、ロシア系マフィアの日本人幹部が偽名と偽造健康保険証を用い、あの病院に入院しているという情報のもと、襲撃の上に爆弾を使った、と告げた。

襲撃されたロシア系マフィアの日本人幹部は無事に逃げ延び、現在警視庁がその行方を追っていると結ぶ。

あとは解説員が、健康保険証だけではなく、スマホのGPSにも顔写真入りマイナンバーカードを紐付けして偽造しにくくする必要があると力説を始めた。

（上手いことを考えたものだな）

スクワットを続けながら出雲は、警視庁、警察庁、そして「ゼロ」の荻窪冴子の手腕に感心していた。

事件発生から二十四時間も経《た》っていないが、これ以後、この件を深く掘り下げた話は出てこないだろう。

警察庁に一旦熊谷咲良の身柄を預けたとき、冴子が「幸か不幸か数ヶ月前、アメリカでも似たような事件が発生しているので、その線で」と指示を飛ばしているのを見ている。

独自の取材ルート、というものによる報道能力を失いつつある大手マスコミ各社と、独自取材等というものは、毛筋も考えたことのないウェブメディアが、この警察発表を丸ごと鵜呑《うの》みにしてテレビやネットで今回の事件を流し始めるのは明らかだ。

一種のフェイクニュースなのだが、それに対する感度が低い日本人にとって、それは自分の身に降りかからない限り、「大した問題」ではない。

事件が明るみに出ても、ある程度までなら「事実の内容自体」をこうやって変更することで、消すことは可能なのだった。

日課の鍛錬を終えると、出雲はスマホのアプリでタクシーを呼んだ。

電車で行くより、今の時間はタクシーのほうが早い。それに襲撃されたときに逃げる選択肢が広い。

☆

「ゼロ」は、即座に病院の事件を「なかったこと」とするための偽装工作を行った。

このことで大いに警視庁から文句が来たはずだが、公安警察と警察庁は上手くいなしたらしい。

荻窪冴子に叱責はなかった。

冴子に驚きはない。

もとより「ゼロ」は公式に存在しない組織である。

当然そこで起こったことは、上手い具合に雲散霧消出来た場合、何事であろうと罪に問われない。

裏管理官とも呼ばれる副理事官の個人に対する「点数」が上下するだけのことだ。

従って、四十八時間を待って、ウェブやマスコミがそれ以上の追及、あるいは特ダネを発表しない限り、許される。

出雲にいたっては、防衛省のあずかり知らぬ「幽霊」だから、当然何事もない。

現場でスマホが数台回されたが、その動画や画像はアップロードされたとたん、各種SNS、共有ファイルシステムの運営会社の協力により、全て公安警察と警視庁のサイバーセキュリティ班によって画像を荒らされ、あるいは「誤操作により消滅」した。

代わって、公安警察の作り上げた逃げる冴子と咲良を追うようには見えない、「安全な」画像、動画が出回り、迫真の「中国マフィアの襲撃」がお茶の間に流れた。

出雲にいたってはマスクを早々に装着していたので、素顔の判らぬマフィアの一人扱いにされ、その画像も他の連中の画像よりも少ない。

「何も、問題はない」

と、二十四時間後、上層部は結論づけた。

むしろ、問題なのは今後のほうだ。


どこまで捜査をするべきか。


そんなことは、冴子たちには関係が無かった。

ただ、死んだ「エス」熊谷庸一の周辺を調べていくだけである。

冴子はそのまま家に帰らず、警察庁に預けてあるトランクの中から着替えを取りだし、四谷の捜査本部近くにあるネットカフェで三時間仮眠し、シャワーを浴びて着替えた。

もっとも、三時間仮眠、というより、アイマスクをし、眼を閉じて暗くしたコンパートに横になっていただけだが、それだけでも身体は快復するし、精神も安定する。

銃撃戦の悪夢を見るかもと思ったが、不思議に、そういうことはなかった――もっともPTSDの類いは、状況が終わった後、暫くして発症する場合もある――その時はその時、と割り切った。

冴子が戻ると、捜査本部になった四谷の貸しビルの机の上には、ずらりと資料が積み上げられていた。

「お帰りなさい、班長」

生き残った部下の中で、まとめ役の加藤《かとう》が声をかける。

今回の事件で、彼と伊吹《いぶき》が生き残ったのは幸いだったと冴子は思う。

温厚な加藤と、苛烈な伊吹は冴子の班にとって絶妙のバランスを持ったサブリーダーだ。

「これで捜査本部の資料は全部？」

「とりあえず今現在、手に入るものは全て用意しました。おっつけ残りも来ます」

「よろしい」

一列に並んだ、中古で揃えた事務机の上に積まれているものは、熊谷庸一の通話記録、パソコンの更新記録、そして内部資料。

全てプリントアウトしている。

PCやタブレットの画面では、紙と比べ、輝度等の違いから人間の文字認識力は低下し、内容の把握率も低くなるからだ。

片っ端からそれを調べる。

「俺たちは動画のチェックだ、総員集まれ！」

奥では出雲の部下の村松が、510臨時特別行動班の連中を相手に、声を張り上げた。

出雲と部下たちは、画像の洗い出しだ。

事件当夜はもちろん、この一ヶ月の熊谷の家周辺の、個人用、コンビニエンスストア、Nシステム連動、ATMなどの監視カメラの画像をしらみつぶしに、一コマ一コマチェックしていく。

不審人物、怪しい車、熊谷庸一殺害当日に見かけたことのある人物、車を洗い出すのが役割だ……自衛官は捜査資料の見方を知らないためである。

「村松さん」

小声で元高射特科にいた古橋が訊ねた……熊谷庸一殺害の夜の銃撃戦で、出雲と同じぐらい背が高く、厚みは出雲以上にある、プロレスラーのような身体は、殆ど無事だったが、両の脚に銃弾を喰《く》らい、今は包帯を巻いている。

同じく高射特科にいた嵐は、まるで双子のようにそっくりだったが、こちらは運悪く銃弾を額に喰らって死んでいた。

一週間を待たず、明日には抜糸というから生命力もタフだ。

「これ、本当に仕事になるんですかね？」

この仕事の割り振りは「ゼロ」側の加藤と、村松が決めたものだ。

出雲は「村松に全て任せた」ということで意見もなく、ふたりの決めたシフトの中に自らも入った。

「実はもうこれ、チェック全部終わってて、意味なんかないとか……」

「だとしたらダブルチェックを仰せつかったと思え」

村松はにべもない。

「俺たちは自衛官だ、どんな仕事か、よりもその仕事をきちんとこなせるかを考えろ」

「はい」

不満たらたらという顔で、古橋は山と積まれたＤＶＤから、何枚かを鷲《わし》づかみにして自分のモニター前に移動する。

両脚を撃たれているはずなのだが、松葉杖《まつばづえ》はついていなかった。

ちょっと両脚を引きずるようにしているだけだ。

「砲兵は牛のように頑丈、か」

以前、環太平洋合同演習《リムパック》で、オーストラリアとアメリカの砲兵から言われたことを、村松は反芻《はんすう》して苦笑いした。

古橋が普通に思えるほど、誰もが大きく分厚い身体をしていて、陽気だった。

そしてあの、物量と主《あるじ》である国家自体が「国防」に物量が必要である、と理解しているゆとり。

銃が一挺や五挺、遺失になっても「仕方がない」と笑ってしまえるほどの。

演習で使った空砲用の空薬莢一発を探す為《ため》に、丸一日かけて山の斜面を総出で捜索せねばならない自分たちとの天地の差。

それと、やり合わねばならない。

だが、村松たちに畏《おそ》れはない。

三輪出雲は、そういう人物だった。

「三輪一佐は？」

ふと見ると、冴子が立っていた。

「ああ、一佐は定時出勤です」

今はまだ朝の六時である。

「一佐だけぐっすり寝てるの？」

「５１０臨時特別行動班《ウチ》は荒事《あらごと》があったら、隊長だろうが下っ端だろうが翌日は休みです。そうしないと怒られるんで……今回は定時で出てくる分、特別です」

村松はニッコリ笑った。

こういう時、邪気があると相手を怒らせるが、そういう意味で村松は百戦錬磨の陸曹長である。

「なるほどね」

「ゼロ」の班長は苦笑してそれを受けてくれた。

☆

出雲が、八時ちょうどに四谷のビルの中に現れ、コートを脱いで壁に掛けていると、

「ノートPCのデータ、あがりました！」

冴子の班員でメガネの梶《かじ》がDVD-Rを掲げながら入ってきた。

ノートPCと、彼の残したノートの解析は、公安の専門部署が行っていた。

ノートは手書きで、ワケのわからない数字が並ぶもので、かなり手間取っているらしい。

テキストエディタなどでPC内にあるなら、カット&ペーストでコピーし、解析もらくだが、手書き文字は、まず文字の判別と写しから始める必要がある。

その際に間違っていれば、全ての意味がないため、ダブルチェックを行わねばならない。

これが時間を取る。

全員が冴子のPCの前に集まる。

「ファイルは共有するから、それぞれ目を通して」

言って、PCの中身を有線で繋いだイントラネット（インターネットと違い、WWウェ

ブを使用せず、室内のコンピューター同士のみで完結するネット環境）で、それぞれの共有フォルダに落とす。

冴子はそれらの資料にざっと目を通した。

冴子のPCのファイルを共有して見ながら、「ゼロ」の職員は難しい顔になっていく。

エスの通っていたゴルフクラブ、模型店、全ての場所に監視カメラがあり、映像を遡《さかのぼ》っても、従業員に聞いても、怪しい動きは何処にもなかった。

ゴルフは完全に接待ばかりで、模型店でも特に話し相手がいるわけではなく、黙って入って黙って選び、黙って買う、という類いの客であったという。

「なんですかね、この『かカ』ってファイル？」

「一番怪しいけど、中身は数字しかないなあ」

「四桁数字だから時間か、日にちか……」

「頭に0を除いた、1と2以上の数字がないから月日なのかも」

「四桁だから座標の可能性は？」

「いま地図と照らし合わせてますー！」

「主語のない、断片的なもの……本当の意味での『メモ』か」

「熊谷のノートですが、ひらがなカタカナに漢字まで入り交じってて面倒くさそうに見えましたが、方式自体は自己流のヴィジュネル暗号のようです」

「ヴィジュネル暗号ってあれか、一語一語に対応置換表が必要な奴か」

本来はアルファベット二十六文字に対し、aは1、bは2……という風に対応する表を使って書き、同じものを使って解読するという暗号である。

秘匿性を高める為にはそれぞれ表のルールを独自にすればいいが、熊谷の暗号ノートは、この解読用の表が付属せず、しかもアルファベットだけではなく、ひらがなにカタカナ、漢字にアラビア数字まで使ったものなので、暗号表が複雑になっている。

昨今流行りのブロックチェーンや量子暗号と違い、暗号解読ソフトで解読可能だが、そのルールを成果物から逆算するため、時間が掛かるのはしかたないことだった。

「元の表があれば簡単に解読できるが、逆は難しい……めんどくさい事になったなあ」

メモの解析を公安の応援と、部下たちに任せ、

「メールは？」

と冴子は訊ねる。

「メールは全て仕事上のやりとりと家族のもの……ですね。たまに通販サイトのものが混じってますけれど、これも暗号や、おかしなものを購入した様子はありません」

梶の報告に、冴子は溜息をついた。

ほころびの部分が見当たらない。

もっともそんな勤続三十年、今まで誰も予想だにしていなかった場所に居続けた

「エス」である。その辺は用意周到のはずだ。

「自衛隊の情報保全隊や情報本部が、ちゃんと仕事をしていた、ってことね……あと、うちのマル自も」

一時間後、全ての書類をチェックし、冴子は溜息をついた。

「どういうことです？」

部屋の反対側で、村松が出雲に耳打ちするように訊ねる。

「つまり、『エス』らしい怪しい動きは何処にもなかった、ってことだろう」

出雲は、つまらなさそうに答えた。

大きな背中を丸め、じっとモニターを睨んでいる姿は、不機嫌な虎か熊を思わせた。

「俺たちは俺たちの仕事をするだけだ――おい、十五分休憩」

出雲は、大きく伸びをした。

部下たちもホッとした顔で伸びをしたり、雑談を始めたりする。

「十五分だぞ、忘れるなー！」

村松が念を押した。

動画を注意して見続けるというのは辛い。

定期的に休みを入れなければ、それだけ見落としの確率が増えていく。

だが、休みすぎても意味がない。

☆

「班長」

冴子の部下の中で一番若い岸田《きしだ》が、途方に暮れた顔をした。

捜査一課からの資料が出る。

同僚たちの話だと、熊谷庸一はスマホだけではなく、防衛省から非常連絡用のガラケーと呼ばれる旧来の携帯電話も所持しており、休日はそれだけを持って出かけていたという。

となると、スマホの位置情報は休日に限れば無駄、ということになる。

あとは携帯の通信履歴から三角測量で位置情報を探っていくしかないが、このガラケーも殆ど使われた形跡が無い。

となれば残されるのはPCの中に残る「メモ」となるが、これの解読は厄介だ。

半年、あるいは三ヶ月あれば、出てくる単語や他の熊谷の書いた報告書などから彼の思考の癖を読み取り、彼がどんな秘密を抱えてこちらに寝返ろうとしたのかが判る筈——なのだが、その時間は冴子たちには残されていない。

アメリカが相手である以上、いずれ早いうちに「穏当」な「形《かたち》をつけて」この捜査は打ち切られる。

そうなる前に、その機密情報だけでも回収する必要があった。

「でも、そこから踏み込むのが私たちの仕事」

冴子は冷静に言い切った。

「従業員の裏は？　あと家族の通話記録、財政記録は？　同僚の洗い直しはどれくらい？」

こういう時に、考え込むそぶりをみせてはならない。

冴子は部下たちを動かし続ける。

「今取らせています。次の便で来る予定です」

梶が答え、暫くすると警察庁から職員が段ボール箱を抱えて入ってきた。

「ああ、それとえーと……誰だっけ、病院に来た……」

寝不足らしく、冴子は病院で、警官と共に最初に射殺された男の名前を、思い出そうと眉間に皺《しわ》を寄せた。

「照井直彦、って言ってたな」

ぽつん、と出雲が動画をチェックしながら言った。

「そう、その照井直彦と父親の資料！　近所に住んでるはずよ！」

「はい」

手配する部下たちを前に、一瞬、冴子は出雲のほうを見て首を傾《かし》げた。

いきなり、置物の虎が喋ったような気がしたらしい。

出雲は素知らぬ顔で、五分刻みで動画に何が映っていたのか、のチェックリストを書き込み、ディスクをPCから取り出す。

☆

照井秋吉はようやく家に戻り、ネクタイを解いて廊下の隅に放り出した。

応接間のソファーにどっかりと座る。

そのまま力なく肩を落とした。

家の外のマスコミは、最初のうちで、虐殺された病院関係者の遺族のうち、取材に対応してくれる人物が出た、となるとそちらへ大挙して移動していった。

直彦の死体は額を撃ち抜かれていた割には、綺麗だった。

警察の死体安置所は、ドラマで見たよりも明るく、清潔に見えたが、やはりそれでも死の気配に満ちていた。

ストレッチャーの上に、直彦は横たえられていて、恐らく、警察の解剖医が直してくれたのだろう。後頭部から顔面に銃弾が抜けると、貫通銃創で、顔面の筋肉が剝がれて、顔面そのものがふっとんだり、人相が変わるという。

顔以外の頭部は包帯でグルグル巻きにされていたが、そのお陰で顔のくずれはなかった。

額のガーゼと、青ざめた肌がなければ、そのままひょいと起き上がってきそうだ。

改めて涙が溢れた。

妻は遺体を確認して、遺体安置所の外に出た途端、泣きながら吐き、そして気を失った。

妻をそのまま入院させ、秋吉は葬儀の手配をした。

病院での死者は百人近くあり、葬儀日程は合同にするか、と問われたが、それは拒否した。

そのため、火葬場の手配に葬儀会社は苦労したようだが、三日後に千葉の火葬場が開いているということで、そこで直彦の遺体を焼くこととなった。

シャトー・コス・デス・トロネルをもう一本開けた。

ワイングラスを口に運んで飲み干した瞬間、それがＣＩＡの贈り物だと思い出したが、ワインは酷く甘く、それが疲れ切った身体を癒やしてしまった。

その代わりがぶ飲みした。

ワイングラスではなくラッパ飲み。

溢れたワインがワイシャツを濡《ぬ》らしたが気にしない。

息子が死んだのだ。

ワイシャツがどうなろうか、構うものではない。

冷蔵庫からチーズを出してきて貪った。

暴飲と暴食。結婚以来、いや役所の中の闘争に敗れた日から、したことのない行為は、僅かに秋吉を慰めた。

☆

「三輪一佐」

出雲が顔を上げると冴子が立っていた。

「どうしました、荻窪警部」

たしか警視ではなかったはず、と思いながら出雲は相手を役職名で呼び返した。

「熊谷が防衛省でやっていた最新の仕事、特にこの三ヶ月の間の仕事が知りたいので、調べていただけますか？」

口調は丁寧だが妙に威圧的な声で冴子が言う。

(上に立つってのも大変なんだな)

出雲は怒るでなく、冴子に同情した。

警察も自衛隊も男社会だ。下手に出るようには見られるわけには行かない、かといって儀礼的に部下に聞きにいかせるのは無礼に当たる。

不機嫌な声と、丁寧な言葉は、その折衷案だ。

「いいですよ。で、どれぐらいの幅で?」

「出来たらこの一年。出来なければこの三ヶ月」

「四十分待って下さい」

言って、出雲は外に出た。

二十分ほど歩き、捜査本部の入っているビルの近くではなく、少し遠くにあるコンビニまで足を伸ばし、公衆電話で藤井寺陸将の番号を押す。

『どうしたね?』

「公安さんは、熊谷《エス》の最近の書記官としての仕事が知りたいそうです。出来れば二年、無理なら一年」

『無茶言うな。一応国家機密だぞ、国防は』

「その国防に関わることが殺人の原因です。何が漏れたか、だけじゃなく、奴が何を抱え込んだのかを知る為にも必要だと思います」

数秒、電話の向こうで沈黙があった。

『二時間待て』

「墨塗《すみぬり》ベタベタの資料じゃ困ります」

『……判ってる。三ヶ月じゃどうだ』

「半年で」

『四ヶ月』

出雲は暫く黙り、

「いいでしょう」と頷いた。

「二時間ですね、お待ちしてます」

電話を切った。

村松のスマホに電話を入れ、先ほどの藤井寺との約定を告げる。

一ヶ月増えたことも付け加えた。

(これで少しは村松たちと、「ゼロ」関係者との仲が縮まればいいがな)

無糖の缶コーヒーをコンビニで買って、袋を断り、シールだけを貼って貰ったそれを、歩きながら飲み干す。

冷たい苦みが、喉を伝わって胃に入る。

監視カメラの動画のほうはほぼ何もなかった。

熊谷が死んだ当日、出雲たちが現地に到着して三分後、近所に隠されたバンが乗り付け、十二人の武装したPMCを吐き出したのと、彼等が別のバンで回収されたこと、その中に死体袋もあったこと。

それぐらいだ。

ナンバープレートは公安に提出したが、偽造番号だったらしく、該当する番号自体が陸運局に存在しなかった。

彼等の行方はそれでもNシステムが追ったが、途中で途切れた……恐らくナンバープレートを取り替えたのだろう。

これを村松たちは「くたびれ儲け」とガッカリしていたが、逆に出雲はある事に気づく。

熊谷の家から、出入りした人間がいない。

そして照井直彦。

「父と熊谷が碁敵」と言っていたが、熊谷の家に碁盤はなかった。

書斎にも、一階にも。

あの世代の人間が、ネットやPCで囲碁の対戦をやるとは思わない。

あるいは「ゼロ」たちが疑っているように、「終活」で作った完成品の模型を送った相手の中に「エス」がいて、模型の中には暗号文が……。

「馬鹿馬鹿しい」

出雲は自分の考えに苦笑した。

（そんな古臭い手を使う相手なら、何故あのノートを大事に抱えてた？）

模型の一件も、ゴルフも、おそらくは目くらましだろう。

三十年以上も、周囲の目を欺き、公安の目さえ欺いているのだ——公安の監視部署の中には、自衛隊員の思想の左右を問わず、過激な人間をチェックする「マル自」と呼ばれる部署が存在し、左翼系団体の集会はもちろん、八月十五日の終戦記念日に靖国神社に詣でる自衛隊員の顔写真をも撮影しているという——そんなに楽な話ではなかろう。

となるとやはりPCの中のメモと、ノートの暗号。

あまり難しいものではなく、同時に熊谷の抱え込んだもの全てがそこにあるだろう、と出雲は読んでいる。

それは冴子も同じらしい。もう少し時間があるなら、部下たちを地取り（聞き込み）に回して実地情報を得ようとするはずだ。

とりあえず、熊谷の殺害犯を追いかけて、正体を突き止めるのが公安の目的なら、自分たちの目的はどんな機密が漏れていたか、どんな機密を抱えて熊谷が死んだかを調査することが最優先だ。

ＣＩＡへの反撃は要素に入っていない。

同盟国であり、日本にとって永遠に頭の上がらない兄貴分に、自衛官が逆らうことは出来ない。

（だが、何故熊谷の親族を襲った？）

ＣＩＡが事件の先にあるなら、多少のことがバレても、日本政府が率先してもみ消すはずだ。

なぜ、目撃者を殺そうとしたのか。あんなに派手な真似《まね》をして。

（遠距離から狙撃すれば一撃だったはず、あるいは……）

木の葉を隠すなら森の中。

本当に殺したい人物は別にいたのではないか。

自分だったら、最初の一撃でしくじったら、一旦撤退し、相手が気を緩ませた時、あるいは緊張の余りおかしな動きをせざるを得なくなったところを狙って確実に仕留める。

今回で言えば、最初に警官と、照井直彦を誤って撃った時点で逃げ出し、出雲たちが警備対象である咲良を……。

（本当に、奴らは咲良を狙ったんだろうか）

確かに複数のＣＩＡに雇われたＰＭＣを目撃し、父親の秘密を知っているかも知れない。

ＣＩＡが怖れるようなものだったら、なぜ追撃がなかったのか。

十二時間が経過しているが、何の異常も報告がないところを見ると咲良は無事なのだろう。

それよりも、気になるのは自分へ向けられた二度の狙撃だった。

特に最初の、熊谷の家から撤収するときの狙撃。

完全に意味がない。

（……俺を狙っている、という可能性もありか）

あのフードの男。

電話が鳴った。

出雲は方角を変えた。

四谷の捜査本部近くで受けるのは避けたい。

『やあイズィー』

キリアン・クレイからの電話だった。

「留守電を聞いたか」

『ああ。答えはノーコメント』

いつもと全く変わらない声。

『こう見えてもアメリカ人だ。役人としての最後のルールは弁えているつもりでね』

「そうか」

それ自体が答えというものだろう。

『それと、気をつけろ。日本に厄介なPMCが来てる。R・リューを憶えているか？』

「ああ、憶えてる」

忘れようのない名前だ。自分を一度殺した女とその片割れの名前である。

『あの時、君と一緒に片割れは死んだが、軍隊との交戦で生き残りは、顔に大やけどを負ってマスクを被るようになった——黒塗りのジェイソンみたいなマスクだ。9㎜ぐらいならはじき返せる』

頭の中で、あの狙撃手の姿がよぎった。

フードの下のマスク、そして眼。

「なるほど。リーズナブルだな」

CIAは、恐ろしくやる気のある工作員を手に入れ、工作員は仕事のついでに、自分の相棒の仇を討つ。

どうりで、熊谷の死からはじまったこの事件で、全てが拡大した戦闘に発展するわけだと出雲は思った。

R・リューは「任務のついでに」出雲を狙っているのだ。

腹が立たないと言えばウソだが、同時に一つありがたいことがある。

だとしたら、出雲が存在すること自体が、相手の執着であり、隙になる。

「飼い犬の手綱を引けと言っても無理だろうな」

『無理だね、何しろ僕が連れてきた犬じゃない。DCからのお仕着せでね』

「弱いものいじめは楽しいか？」

気がついたら皮肉が口を出ていた。

『楽しい、楽しくないじゃない。ボクは任務を行うだけさ。イズィー』

「そうだったな――お互い『たかが下っ端だ』った」

『ああ、そういうことだ。これが終わったらまた飲もう』

出雲は答えず、通話を打ち切った。

☆

「結論を出すわよ」

二時間後ぴったりに藤井寺から送られてきた熊谷の「仕事」の資料に目を通し、冴子はホワイトボードにそれらの資料をプリントアウトして貼り、幾つもの線を引いて結んでいく。

「このエスは古いタイプの男だ。大胆な真似はしないし、出来ない。他の『エス』なり『ヌシ』なりは、仕事上の接点が皆無の人物に限られる、と想定する」

「……ヌシ？」

首を捻《ひね》る出雲に、

「課報員管理者《スパイマスター》のことだそうです。昨年ぐらいからそう呼ぶそうで」

村松が耳打ちした。

「なるほど、新しい警察用語か」

「基本的に『エス』は『細胞《セル》』方式をとる、今回の相手は同盟国の組織だ、恐らくそういう方式をとるだろう」

細胞方式、とは個人的なものも含め、情報部員同士の直接的な上下左右の繋がりを持たず、数名の人間を間にはさむことで、ほぼ孤立した状況で機能する方式である。持ったとしても一回きりで、接触をした「エス」ないし「ヌシ」は二度と会わない。

「ただし、基本、だ」

冴子は全員を見回した。

（まるで塾のカリスマ講師だな）

自衛官で指揮官としての教育を受けると痛感するが、二人以上の人間に情報を通達し、会議を引っ張るというのはかなりの気迫と集中力が要る。

同時に部下たちの集中力を測り、理解力をみながら言葉を選ぶ。

一般企業におけるプレゼンのノウハウと才能、それとまるっきり同じものが必要なのだ。

「この『エス』は十数年、下手をすれば勤続年数と同じ時間、『エス』でありつづけている。完全な『細胞』状態ではありえない。さらに今回裏切った、ということは他の『エス』との接触があった、あるいは『ヌシ』との接触があったと見ていい」

殺人者は「ヌシ」、あるいは同じ「エス」であろう、と冴子は結論した。

「あの死体は丁寧な計画の元に始末をした、というより、殺したものが大慌てで逃げてうち捨てたものであることは間違いない。我々の後に登場した連中は本来は始末屋なのだろう」

となれば、「殺人者」は誰か。

「熊谷庸一を殺害した犯人こそが、彼が何を掴んだ上で、我々の前に出頭しようとしているのかを知っている——そこでだ、先ほど、三輪一佐が確保してくれた資料と、彼の『意見』から一人の人物が浮かび上がってきた」

だん、と冴子は先ほどプリントアウトしたばかりの免許証のコピーをホワイトボードに貼り付けた。

「照井秋吉、現在六十八歳。元は経済産業省の総務課長。所属は産業技術環境局で、今は国家スマートシティ「タカマガハラ」の研究開発をしている第三セクター、新東《しんとう》アカツキエレクトロニクスの顧問、技術重役。彼が『ヌシ』だと私は結論する！」

一気に「ゼロ」の間に緊張が走った。

「理由は三つ、ひとつ、殺害当夜、熊谷庸一の家近辺に出入りした不審者は、我々と、あのPMC連中以外、存在しないこと」

冴子は畳みかけるように続けた。

「二つ、照井の息子が熊谷の娘に見舞いに来たとき、照井と熊谷が碁敵だ、と言っていたが、熊谷の家には碁の本もなければ碁盤もない。碁が趣味の人間なら、ネットでもそういう調べ物をしているはずだが、それもない……また、十分前に、私は保護した熊谷咲良に問い合わせてみたが、父である熊谷庸一と、照井秋吉は確かに友人同士ではあるものの、碁盤を囲んで居る姿をみたことはないそうだ」

ここで一旦、冴子は言葉を閉じ、にやりと笑った。

「制服警官に嘘をつく時、大抵の人間はやましいことを隠している」

「ゼロ」全員が頷いた。

通常の警官では出来ない「汚れ仕事」をするのが公安警察、そして「ゼロ」だが、同時に彼らは素朴と言っても良い、警察のもつ絶大な正義への信頼が不思議にある。

出雲は冴子の声を聞きながら、冴子が入手したR・リューの情報に目を落としていた。

耳はちゃんと彼女の話を聞いている。並列処理は指揮官には必須の能力だ。

(なんとまあ、お巡りさんは基本の思考がおっかないな)

救助活動の現場では、災害に遭ったパニックの余り、ウソではないが事実を誤認したり、前後の記憶が曖昧になって答えてしまう人間もいる。

訓練でもそうだ。疲労困憊《こんぱい》、負傷。ショックを受けた状態で虚妄を口走る者は多い。

自分もそういう経験がある。

また過去のトラウマもあるだろうし、心の病もある。そういう症状が、制服警官の前で出る者もいるだろうし、お巡りさんを見ておびえるのは犯罪者、というのは乱暴すぎる理屈だ……もっとも、照井直彦の挙動は、出雲が見ても、何かやましいところがありそうな感じはしたが。

「三つ、照井の家は熊谷の家の裏手にある……裏木戸を使えば、監視カメラのある場所を避けて、出入りが可能になっていた。調べて見たが、警備会社への監視カメラの発注に関して、わざわざ両家の間にはカメラを設置しないように注文している」

「つまり、どういうことになりますか?」

絶妙の合いの手を冴子の部下、厳しく部下を指導する役割の伊吹が入れた。

「我々は照井秋吉を確保、事情を聞き出す。熊谷が何の情報を持ったまま我々の所に来たか、あるいは熊谷を殺したのは彼自身か……そのうえで、一課に彼を引き渡す。

殺人犯としてな」

「逮捕状は待たないのか？」

のんびりと出雲が聞くと、「ゼロ」全員から小馬鹿にしたような視線が送られてきた。

「我々はあなたと同じです、一佐」

冴子が答えた。

「それに『エス』に逮捕状は要りません……彼は今夜、運悪く、たちの悪い連中に拉致され、そこで洗いざらい喋る、それだけです」

ぽっかりと、目の前に「穴」が開いたような気が、出雲にはした。

南アフリカにはあちこちに口を開け、日本では滅多に観《み》ない「穴」。

ひと一人をひょいと飲み込み、二度と元には戻さない。

「なるほど……護衛はいるだろう？　あのＰＭＣたちは、多分、次は照井を守るぞ」

「そうですね、よろしくお願いします」

冴子は丁寧に頭を下げた。

（まあ、俺たちは番犬か、斥候《せっこう》代わりというところだろう）

その役回りは当然だと、出雲は受け入れている。

ちらりと後ろを見ると、村松以下、苦笑を浮かべていた。

「で、確保には何分後に出発予定かね、荻窪警部」

「三十分で」

「了解だ」

☆

浅い夢の中で、照井秋吉は後悔の記憶を掘り起こす。

代替わりを考えたのが間違いだった。

熊谷に、

「これからは君に自分の役割を任せ、引退したいんだよ」

と持ちかけた。

「その代わり、直彦を頼む。なに、使い走りでいい。毎月五十万ほど支払ってやればそれでいい」

「そんなには……」

と一瞬渋った熊谷だったが、

「私の役割を引き受けてくれるなら、その五倍の金が毎月入る」

そう言われて乗り気になった。

なのに、熊谷は最後の仕事として、秋吉の持って来た情報を見て顔を曇らせ、

「この計画は、実行させてはいけない」

と言い出した。

今さら愛国心が湧いたのか、と思ったが、その時になって熊谷が元々はＩＴ系企業の社員で、バブル崩壊の余波を喰らって会社がなくなったために役人になったことを思いだした。

秋吉の持ち込んだ情報は、そのバブルが弾ける前「ハイテクジャパン」の夢を再び羽ばたかせるのを挫《くじ》く計画そのものだったのだ。

やむなく、秋吉は熊谷に跡目を譲ることを諦め、直接「上司」に情報を手渡し、本国から来た指示に従い、情報を熊谷に入手するように指示した。

熊谷がはっきりと「私は辞めます」と言い出したのはその時である。

電話で一時間ほど揉めたが、解決出来ず翌日、直接会って説得しようとしたが無駄だった。

一週間、なんとか会おうとしたが、会うことすら彼は拒否した。

勤め先の前で、待ち伏せをするべきか、と考え、さらには「上司」に訴えることも考えたが、それは自分の「エス」としての人生に大きな汚点になる。

あの国が冷酷で寛容で気まぐれな腕力自慢の兄、という部分は「エス」に対しても変わらない。

何よりも残された妻子とすでに秋吉は顔なじみになっていた。
悩んでいたところへ直彦が申し出た。
直彦に関してはこの「副業」に手を染めたときに引き合わせている。
だから、こっそりと家にいって説得する……できるとは思っていなかった。
結局、踏ん切りが欲しかったのだ。
直彦がダメなら、と。
が、熊谷は直彦に対してこういったという。
「もう既に私が『エス』であることは上に報告しているんだ、もう帰れ」と。
混乱した挙げ句、直彦は手近にあった灰皿を握っていた。
あとはこの有様だ。

☆

これまでの人生にはなかったほどの、酷い汗と頭痛で、照井秋吉は目が覚めた。
ソファーの上で眠り込んでいたらしいが、服がべったりと身体に貼り付いている。
明らかに熱がある、瞼《まぶた》が腫れぼったく、胃の辺りが恐ろしくムカムカする。
(そうだ、私にも護衛がいるな……いやそれ以前に医者に行かなければ)

よたよたと起き上がろうとする。

手がテーブルの上を滑ってワインを転がし、液体が絨毯《じゅうたん》とテーブルの上に広がり、したたり落ちたが、拾い上げて掃除する余裕も無い。

たちあがると酷い目眩《めまい》がした。

倒れそうになるのを、なんとか堪えて壁伝いに部屋から出る。

応接間のドアに手をかけたとたん、猛烈な吐き気が胃から喉へと押し寄せてきた。

堪らずに吐く。

あっというまに先ほどの食べたものと、ワインと、ワインとは違う赤黒いものが床にぶちまけられた。

「なんだ……これは、なんだ、これ……」

喘《あえ》ぎながら、電話にとりつく。

一一九番に電話するよりも先に「上司」に連絡を入れた。

「私だ……酷く体調が悪い」

『だろうね』

病院に護衛を、と切り出す前に、相手は明るい声で応じた。

「どういう……」

意味だ、と言いかけて秋吉は気がついた。

この不調は、電話の先にいる相手が仕掛けたものだ。

「なぜだ……私は三十年も……」

『ああ、君たち現地協力員の間で言われてる「貯金」がまだあるはずだ、って話だろう？　悪いけど、それはただの御伽噺《おとぎばなし》だよ。どんなものでも暴落はするんだ』

「私は……死ぬのか？」

『まあね』

「なにを……使った？」

『解毒剤はないよ。ポロニウムだからね』

「！」

ポロニウムとは放射性同位体の一種。「キュリー夫人」の名で知られるマリー・キュリーが祖国ポーランドのラテン語表記から命名した……が同時に、暗殺の武器としても知られている。

二〇〇六年にイギリスで発生した、亡命した元ロシア連邦保安庁（FSB）情報部員アレクサンドル・リトビネンコの暗殺に使用されたとされる物質。

「まさか、あのワイン……」

『ポロニウムは水に溶けないんだ……だから苦労したよ。澪《おり》に見せかけることを思いついたらあっさりだったけどね』

「きさま……」

この、と思った秋吉は相手の名前さえ知らないことに気がついた。

「くそ……」

「最後だから名乗ろう。僕の名前はキリアン・クレイ。あの世に行くとき、誰に殺されたか判らなかったら困るだろうからね」

「この……クズ野郎」

唐突な笑い声が電話の向こうで破裂したように響き、秋吉は受話器を叩きつけた。

三十年以上の忠節は報われることなく、斬り捨てられるという結果で終わると知った、「エス」としての怒りだった。

☆

照井の家の周囲のマスコミはすでに引き揚げていた。

バン三台に分乗し、出雲たちは現着した。

バンから降りた出雲の部下たちはすかさず電柱や、照井家の門扉の陰に隠れ、周囲を警戒する。冴子の部下である伊吹や加藤もそれに倣って、押収品らしいSCAR－LMk16PDWの銃床を伸ばしながら構えた……公式に納品されたものではないのは、一切の刻印がないことで明らかだ。

コンパクトなH&KMP5KPDWよりもゴツくて大きめのSCARは扱い慣れてないのが判ったが、出雲は使いやすさにこだわって前回に引き続き、拳銃弾を使うMP5を使わないことに、好感を持った。

銃声が轟いた。

「ついてきて」

と冴子が告げた。

いうまでもなく、出雲はMCXを構えて冴子とその部下である岸田と上野《うえの》の後についた。

残った部下たちを村松が無言で指揮する。

ドアには鍵がかかっているので、庭に廻ってサッシの窓ガラスの一部を砕き、旋回錠を開けて中に踏み込む。

急いで奥に向かう。書斎らしいドアが開いているので飛びこもうとすると、

「入ってくるな、撃つぞ」

という声と、銃口が出雲たちを阻んだ。

部屋の奥の机で、照井らしい、髪のだいぶ薄くなった男が、スタームルガーのシングルアクションリボルバーを片手に、高価なアーロン社製の椅子に腰を下ろしていた。

免許証で見た顔よりだいぶ顔色が悪く、やつれていたが間違いなく照井秋吉だ。

「ああ……最後のトドメを刺しに来たのか」

銃をこちらに向けていた。

撃鉄は起きている。

だが、口と眼から血が流れていた。

そしてこめかみから頭頂部に沿っても。

拳銃自殺をし損ねたのだろう。

こめかみに銃口を押し当てながら引き金を引いた瞬間、わずかに上に銃がブレたのだ。

椅子の肘掛けに手を置いて、照井はこちらに銃口を向けたまま、押し出すような声で告げた。

「だが、自分……の……始……末は、自分で……つける」

酷く苦しそうだった。

「照井秋吉さんですね」

冴子は銃を下ろして告げた。

「我々は警察のものです。あなたを保護します、銃を下ろして下さい」

「警察……公安か」

「はい」

「そうか、日本人か……なら、ここからすぐに逃げたまえ。この家は放射性物質で汚染されてる……君たちも危険だぞ」

さすがに出雲も表情を変える。

「ポロニウムを飲まされた。一階にワインボトルが転がってるはずだ……二本分、滓だと思ってたら……他のヤツもあるかもしれん」

ゲホゲホと咳をする。手の甲で口を塞いだがそこから血がしぶく。

「照井さん、銃を下ろして」

冴子がゆっくりと、落ち着かせる声で頼む。

「無理だ。君らに保護されて、病院に行っても、多臓器不全で死ぬまで苦しむ。全てをくれてやる。だから自殺させてくれ、そして妻には何も知らせないでくれ」

「判った」

出雲は声を張り上げた。

「ちょ、ちょっと一佐……」

「この人は死ぬつもりだ、それに放射性物質で被曝死《ひばくし》するのは確かに辛い……一度、富士の化学防護隊の連中にソ連のスパイが同じもので死んだ時と、東海村《とうかいむら》被曝事故の患者の話を聞いたことがある」

自殺すると覚悟を決めてしまい、しかも命が短いものを止めても仕方がない、とあっさり出雲は判断していた。

「希望に応えてやるから、質問に答えろ。だれがお前の雇い主だ？」

「分かるものかね。我々は当初ＣＩＡに繋がっていた……だが、もう、今誰が我々の主なのかは判らない、時代は変わった。アメリカ国籍だからといって、アメリカの味方とは限らない」

「ロシアか？」

「それだけはないよ」

照井は苦く笑った。

「あの国はテクノロジーに関しては、当分中国に相乗りする形でこれからの時代を生きていくと決めている……それに私はアカが嫌いだ。匂いで分かる」

そう言って顔を背け、激しく照井は横を向いて、また咳き込んだ。

冴子がその隙に飛びかかろうとしたが、出雲が手を伸ばして制する。

一瞬、冴子は出雲を睨んだが、被曝している相手の近くによる危うさを思い出し、頷いた。

出雲は伸ばしていた腕を、また銃に添える。

「すまんが、もうそろそろお喋りする気力がなくなりそうだ」

「あんたがもう一回引き金を引いて、し損じたら俺が殺してやる。その代わり、その『全て』がどこに、どんな形で存在するか教えろ」

出雲の言葉に、照井秋吉はホッとした笑みを浮かべた。

「ありがとう。そこの酒瓶棚《バーキャビネット》の中に、全て納めてある……文書は全部暗号で書いてあるが、解読表も同じ抽斗の中に入れてある……三十年も協力者をやってると、使わないでも書けるようになったから、掃除の時に棄ててしまったかも知れないが」

照井は力なく笑った――恐らく、冗談なのだろう。

「判った」

「急ぐことだ……あと二十四時間もない」

「なにが？」

冴子が訊ねると、

「筑波だ。テロが起きる」

寂しげに、照井秋吉は答えた。

「日本の未来とアメリカの将来が変わるかもしれないテロだ――君らが、彼等に逆らえるとは思わないが、全てあの酒瓶棚の中にある」

言って、照井は銃を持ち上げようとした。

「熊谷がロマンチストでなければ……世界は、新自由主義《ネオリベ》で暫く行くというのに……

馬鹿な奴だ。私も……だが」

指が震え、そのままだらりと照井は腕を落とした。

最後の安全装置でもある、銃の引き金は重い。

撃鉄を起こした状態でも、チューンナップしたものでない限り、二キロから、三キロの荷重が必要になる。

再び腕は震えたが、銃は持ち上がらない。

情けない顔で、照井はこちらを見た。

「……頼む」

頷いて、出雲はMCXを構えると、撃った。

サプレッサーで減音された銃声が、書斎の中に響く。

絨毯に落ちた空薬莢から、紫煙が部屋を漂う。

照井の手からスタームルガー・バケーロが落ちて、絨毯の上に転がった。

照井秋吉の心臓に二つ、穴が開いた。

一瞬、照井は驚いた顔をしたが、自分の胸元をみて、笑い、次いでがくん、とうなだれて動かなくなった。

▽第六章・反抗不可

☆

ガイガーカウンターが鳴る。

「一七〇〇《ヒトナナマルマル》、一階応接間のポロニウム、回収開始します」

放射能防護服を着用した、自衛隊化学防護隊の隊員たちが、巨大なトングのような回収用具でワインボトルをつまみ上げ、鉛のケースの中へ納めた。

テーブルは鉛のシートで覆う。

絨毯《じゅうたん》にもガイガーカウンターが向けられ、鳴り響く部分を大きく、カッターナイフで切り取ってこれも鉛のケースへと収めた。

最後に回収用具とカッターもケースに収める。

ガイガーカウンターを周囲に向ける。

反応の大きな部分には除染用のマーカーを刺し、あるいはテープを貼る。

「一七一八《ヒトナナヒトハチ》、回収完了、撤収します」

隊員たちはケースと、鉛のシートに覆われたテーブルを持って玄関へ向かう。

玄関から先は、上と左右を養生テープで目張りをし、裏を鉛の薄いシートで覆ったプラスチック段ボールで出来た通路になっている。

通路の先は、横にカーブして膨らんでおり、有名な引っ越し業者のトラックに偽装した、回収用の六トントラックの荷台コンテナ部分に繋《つな》がっていた。

等間隔に天井に張り付けられた照明器具は、百円ショップで売られているLEDランプ——通路も含め、全て廃棄処分されるため、高価なものは使用出来ない。

通路はそこでまた高く作られ、外からは一切中が見えないようになっている。

「よし、テーブル、気をつけろ」

大きく電話番号の書かれた車体の横に回り、後ろからケース類を納め、最後にテーブルを納める。

すでに一階の書斎から、照井《てらい》秋吉《あきよし》の血で汚れたマホガニーの机や椅子が、テーブル同様鉛のシートで覆われて回収されている。

別のトラックへ、防護服の隊員たちは回収され、そのままトラックは走り出した——人気《ひとけ》のないところまで移動して、そこから高圧洗浄機で防護服の洗浄を行ってから、ようやく彼等はそれを脱ぐことが出来る。

「では」

出雲《いずも》の部下、510臨時特別行動班の村松《むらまつ》に敬礼して、荷物を積んだトラックも走り去る。

村松は敬礼したまま彼等を見送った。

静かな住宅地、しかも平日の夕方である。村松は放射能汚染された家からある程度離れながら、仲間である甘木《あまぎ》に電話を入れた。

「通報しろ」

冴子《さえこ》と出雲の姿は、ここにはない。

中に突入した冴子、出雲、そして冴子の部下である岸田《きしだ》と上野《うえの》は一時隔離されて、除染対象となった。

「この事件はいつも大騒ぎになるな」

冴子の部下である伊吹《いぶき》がやってきて、村松の横で呟《つぶや》いた。

「仕方がない。そういう事件もある」

村松は一瞬、答えるべきかどうか迷ったが、口を開いた。

「公安《うち》としては万事、隠密裡《おんみつり》に運ぶことが最良なんだが」

「自衛隊《こっち》だってそうだ。だが物事には流れがある。逆らっても無駄な時ってもんがあるさ」

「だろうな。そっちとこっちの上司はどうなる？」

「恐らく大丈夫だそうだ……ポロニウム二一〇は放射能こそ高いが、崩壊速度も速い。ほったらかしにしておいても、早けりゃ四年で無害になる」

「そうなのか」

「昔、化学防護隊《あの連中》と同じ場所で学んだことがあってな」

村松の言葉に伊吹は頷《うなず》き、

「中には入れないいな」

と改めて照井の家を見上げた。

「証拠がありそうな自室は汚染されてるはずだからな……いったんは自衛隊預《そっち》かりになって、そこから戻ってくると聞いたが……どれくらいかかると思う？」

「うちはそっちと違って融通が利かない、早くても一週間だ……まあ、暗号の解読表はそっちの班長さんがデジカメで撮影して送ってくれたから、『エス』のノートは解読できるだろうが」

「となると証言を信用してやるしかないか」

「動けるのか？」

「わからん。ここまでことが、面倒くさくなるとは思わなかった」

「CIA相手だからなぁ……」

CIAの本部は、かつてバージニア州ラングレーに所在していたことから、この別名がある。

「とりあえず、一本どうだ」

そういって伊吹は手に提げていた黒いマイバッグをから缶コーヒーを取り出した。

「ありがとう」

そういって受け取り、プルタブを引こうとして、村松は手を止めた。

プルタブの隅っこに、何か半透明の「点」がある。

目をこらしてみると、それは瞬間接着剤の乾いたものに似ていた。

『村松さん、これからは飲み物と食い物に気をつけてほしい』

出雲の言葉が脳裏に蘇《よみがえ》る。

『彼等は、俺達をバカにしてかかる。ちょっと認められそうになったら必ず「お試し」がある』

『公安は俺達と同じで体育会系だ。それも陰険なほうの、な』

0・1㎜程度の穴を開け、薬物を混入した後、瞬着の点付けでそれを隠す、という薬物混入の方法は村松も知っていた——昨今の暗殺はもっと巧妙で大がかりだが、民間の殺人犯にはこういう手法もネットのお陰で知れ渡っているという。

（まさか、今、このタイミングに？）

ともも思うが、同時に、

（ありえる）

と判断した。

（今は……いや今だからこそ、慎重であるべきだ）

「悪いが、これは返す」

村松は苦笑しながら伊吹に缶コーヒーを押しつけた。

「神経質かも知れないが、ちょっと気になるんでな……その缶コーヒー」

村松は伊吹の、右の眼《め》を睨《にら》み付けた。

高校時代にヤンキーだった友人から教わった「ガンの付け方」は自衛隊でも役に立つ。

身体《からだ》から力を抜くが、瞬発力は溜《た》める――相手が動いたら次の瞬間ぶん殴るつもりだった。

一瞬、伊吹の眼が悪戯《いたずら》小僧のように笑った。

「そうか、すまんな」

伊吹は、すぐに元の冷静な眼差《まなざ》しに戻り、気を悪くするでもなく缶コーヒーをマイバッグに戻す。

こちらがつけいる隙を与えない、見事な呼吸の外し方。

それだけで十分だった。これで「お試し」は終わりということだろう。

(本当に陰険な体育会系だな)

思わず口をへの字に曲げそうになったが、そこは鉄の意志でそしらぬ風に装った。

(とりあえず、これで暫く公安《こいつら》に舐《な》められる心配はしなくていい)

まるでヤクザか半グレの思考だったが、ある意味、自衛隊の中でも面子《メンツ》や意地の張り合いはついて回る。

警察も自衛隊もそういう根の部分には共通するものがあるのだ。

☆

服を全て脱ぎ、高圧シャワーで身体中、及び口の中、肛門《こうもん》周辺まで、さらにカテーテルまで用いて尿道にいたるまで洗浄、さらに血液検査——終わる頃には夜も九時を回ろうとしていた。

虎《とら》ノ門《もん》近くの大きな病院である。

都心の大型病院らしく、政府機関の顔も利く。

出雲が病院の寝間着を着けて廊下に出ると、出入り口を制服警官が固めているのが見えた。

冴子は廊下の途中にぽつんと置かれた、四人がけの、ややくたびれかけた革張りのソファーに腰を下ろし、イライラと新しいスマホの設定をしている所だった——汚染の可能性があるため、銃器類はもちろん、スマホも回収されている。

「あなたはスマホ、いいの？」

「もっと時間がかかると思ったんでね。部下に頼んでる——そろそろ来るだろう」

そう答えると、冴子はサハラ砂漠の真ん中で、クジラを見たような顔になった。

「そんなセキュリティ意識でいいの？」

「スマホとはいっても、通話にしか使わないからアプリもなにも入れてないんでね。メールは専用のソフトだ……そっちと同じだよ」

「アプリよ」

冴子の目に「前世紀の遺物」を見る冷ややかな温度が混じる。

「すまないね。ＩＴ用語は不得手なんだ」

平然と出雲は答えた。

出雲がＩＴ戦略やサイバー戦を学んで出た結論は「結局どうやっても電子化してしまえば秘密は漏れる」ということだ。量子コンピューターによる量子暗号や、ブロックチェーンも「こじ開けにくい鍵」以上のものではない。

そして、どうあっても素人はプロに敵《かな》わない。

だとすれば、そこに割く時間と手間というリソースを、プロに任せて自分たちの時間は、他に振り向けるべきだ、というのが出雲の考えである。

というわけで、出雲の部隊において、その役割は、負傷して入院中の井手に一任してある。

負傷と言っても敵のPMCと戦ったときに銃弾を避けるために走って転倒し、側溝に落ちた際の足の骨折なので、上半身は無事だから、今なお病床で彼はWi-Fiとノートパソコンを駆使してあれこれと隊を助けているだろう。

「……信じられない」

頭を振って冴子は設定を続け、最後のボタンをクリックした。

途端に軽やかな音が鳴ってメールの着信を告げる。

「ああもう！　サウンド設定！」

言いながら冴子が着信音を「なし」に設定し直し、メールを開いていく。

「……」

最後の、最新の一通を開いた、冴子の眉がしかめられた。

「どうした？」

「『エス』のノートの中身が判明したわ」

「で？」

「照井が最後に言った言葉は、厄介な意味で本当だった――熊谷《くまがい》の『かカ』ってファイルは今実験中の次世代通信の略称だった」

冴子が、立ったままの出雲を見上げる。

「何が起こる？」

「筑波の『タカマガハラ』で爆弾テロが起きるわ。スマートシティ自体を支えている新型の通信システムと量子コンピューターをリンクさせて、特定の人物だけを狙って殺し、大怪我《おおけが》をさせる」

「誰を？」

「――明日の昼過ぎに見学に来る、アメリカの通商使節団、上院、下院議員も含めた総勢三十二名、そのうち二十人が重傷、三人が死亡、他は軽傷、もしくは無傷。その対象者もすでに決められてるみたい。あとは言い訳程度にＰＭＣが暴れ回って逃げる――二十三人の死傷者のうち、アメリカの四年後の再立候補を考えてる前の大統領にとって都合の悪いことをやらかしそうな共和党の議員が三名、その三名がことを起こしたら、協力しそうなのが、さらに五人」

メインターゲットはその三人、残り五人には警告を与え、さらに日本が独自開発した次世代のネット通信網に、セキュリティ上の穴がある、と告発することで、日米共同開発、あるいはアメリカが今独自に開発しているネット通信網を採用するようにねじ込む。

「なるほど」

出雲は軽く頷いた。

「そんなことが出来るのか、とは言わないのね」

やや皮肉めいた口調で冴子が言う。

「政治のほうは、もうすでに八〇年代から、アメリカのムチャに逆らえないようにうちの国の政治家が、全てを作り替えてるからな」

「いえ、そうじゃなくて、爆破のほう」

ああ、そうか、と出雲は頷いた。

「決して無理じゃない。指向性爆薬と量子コンピューター、最新の通信技術に歩容認証プログラム――これらを組み合わせれば、一斉に爆発させたとしても、特定の人物だけを殺したり、怪我をさせたりすることは出来る。現に今もアメリカの攻撃型無人機《ドローン》は同じことを世界の何処《どこ》かでやってるはずだ」

彼らの他は誰もいない、寒々とした、冬のとばロのコンクリートの廊下に、出雲の声が小さく響く。

「攻撃型無人機を飛ばして、一斉に発射する十数発のミサイルを数千キロ彼方《かなた》でコントロールして、リアルタイムの戦争が出来るなら、議員たち一人一人の個人データから歩幅と予測される位置関係を把握して、最高のタイミングで爆破ぐらいできる」

出雲は淡々と、彼が最近学んだ知識を組み合わせて冴子の話を補強する。

「――多少の『誤差』はむしろ、テロリストの攻撃という説得力《リアリティ》を増すだけだし、あの国は人材の宝庫だ、すぐに代わりが見つかる」

「へえ……あなた、そんなに喋《しゃべ》れるのね」

苦笑とも、苛立《いらだ》ちとも取れる表情で、冴子は溜息《ためいき》をついた。

「でも、捜査はここでお終《しま》い。解読完了と同時に、牧副理事官から指示が出た」

「……ってことは、俺の所にも指示が来るな」

「多分ね――これで日本の残り少ない『安全な国』と『IT立国』という名声は、また崩れて地に落ちる――いえ、もう地に落ちているから潜るのかしらね？」

「そういえば熊谷は元々、IT関連のエンジニアだったな」

「だからきっと、熊谷は夢を見たのよ。これを上手くいかせれば、日本はまた再び、IT先進国に戻ることが出来る、少なくとも次世代のネット通信の世界で天下を取れる、って」

「IT先進国……そういえば電子立国日本、というタイトルの番組が昔あったな」

出雲は目を細める。

まだ自分がまっとうな人間だった頃の記憶。

高校生の頃、図書館のTVアーカイブで見た。

八〇年代に作られた番組で、日本はITや電子関係の先進技術で世界に先んじており、未来を切り開く力を手に入れた、その力をその後どう使うか、という幕引きで終わっていた。

結局、それ以後、日本はバブルに狂乱し、そこで手元にあった金を失うと、最も技術を支える重要な部品——人間の費用を削り始めた。

終身雇用は夢物語になり、サービス残業が当たり前になり、「選択と集中」のかけ声と共に、未来を摑《つか》んだかも知れない数多《あまた》の研究が停止させられた。

熊谷の会社もそういう再編の荒波の中で消滅し、彼は役人へと転身した。

IT関連の役職ではなく、地味な書記官という役周りを選んだのは、その際に大きな絶望があったのかもしれない。

だからこそ、スマートシティ「タカマガハラ」と、そこで実装される新通信システムを日本が開発し、成功を収める——という未来の前に、これまで尽くしてきた雇い主を裏切る決意をしたのだ。

「随分とロマンチックよね」

冴子が冷めた声で言いながら、スマホを病院着のポケットにしまった。

手元がタバコを取る仕草を見せ、すぐにバツが悪そうに引っ込められる——恐らく禁煙している。

それも何年、という単位に違いない。

警察の男優先な縦社会の中で、女性が喫煙すれば、それは出世に差し障る。

「反対に、照井は根っからの官僚で現実主義者……例の、四年後に再出馬を目論んでる前の大統領以来、アメリカが最近傾いている新自由主義《ネオリベ》の流れが続くことを予想して、日本は忍従すべきだと考えた、ってところか」

出雲は淡々と推理をまとめた。

新自由主義《ネオリベ》の世界においては、善意や社会的正義は意味を成さない。

利益を生むためには果てしなく「何でもアリ」の戦いが望まれる。

「公平」はなくなり「公正」のみが残る。

そこでは知恵や技術など、生き残る力のあるものだけが生き残る、といえば聞こえはいいが、現実には「持てる者が、よりいっそう持てる者に」固定化することを礼賛するものだ。

理想を訴えた共産主義が現実に適用されたとき、最悪のシステムとして否定した、階級社会を伴う社会主義国家として現れたのと、よく似ている。

機会は平等ではなくなる。新自由主義は、思いやりや、ハンディキャップという考え自体を否定するものだからだ。

アメリカがこれまで辛うじて守っていた「自由と正義」の旗を放棄して新自由主義に傾いていけば、残るのは究極の利己主義大国だ。

アメリカを停める手立ても国力も、今も未来も、日本には無い。

事実、前の大統領の時、アメリカは、疫病時の失業問題や、反人種差別運動などによる、国内の分断さえ放置した。

幸いにも大統領は代替わりしたが、あの国が最後の矜恃まで失った四年間の影響は暫く続く……とすれば、彼らが理性を取り戻すまで耐えるしかない、と照井は考えたのだろう。

「そうそう、凶器の灰皿から照井直彦の指紋が出たわ。多分、殺害したのは直彦で、照井は息子の殺人の隠蔽と熊谷の証拠の始末を泣きついたのね――照井の家には、盗聴防止装置付きの電話があったわ。通話先の番号は二ヶ月おきに変わってるけど、通話時間は三分以内」

「そうか」

恐らく、その電話先がＣＩＡ、もしくはＣＩＡから移管した彼等の「上役」だろう。

熊谷の家に息子が説得に向かい、あるいは裏切りを知って逆上したのかもしれない。

どちらにせよ、直彦が熊谷を殺し、照井秋吉はそれを隠蔽しようとした。

報告書に書くには十分過ぎる事実だ。

「おかしなものね」

冴子が脚を組み、膝の上に頬杖《ほおづえ》をついてつまらなさそうに口を尖《とが》らせた——周囲に部下がいないところういう顔もするらしい。

「熊谷も照井も、どちらもアメリカという国に逆らわない上に金になる、という現実主義で『エス』になったのに、熊谷がかつてのIT立国再び、というロマンチシズムで裏切って、照井は親子の情愛、というロマンチシズムで現実主義の塊みたいなCIAに泣きついて、最後はそのCIAに息子を殺された上に裏切られてポロニウムで暗殺——」

「親子の情愛はロマンチシズムか？」

出雲は純粋に疑問として訊《たず》ねたが、冴子はそれを皮肉と取ったらしい。

「情愛はいつだって幻想《ロマン》よ」

少し声が尖った。

「だから人の目を曇らせるし、判断を誤らせる」

「——なるほど」

出雲は冴子の言葉がストンと腑《ふ》に落ちた。

たしかに、その通りかも知れない。

同時に、そう斬り捨てるに足る経験を、この目の前の「ゼロ」の女は味わってきたということなのだろう。

職務上か、私生活かは判《わか》らないが。

――と、
廊下の奥から、村松がひょいと顔を出した。

着替えが入っているらしい、大きな紙袋を下げている。

警官に身分証を見せて警戒を解き、早歩きでやってくる。

「隊長、ご無事で何よりです！　電話持って来ました」

言って紙袋から、まずスマホの箱を取り出す。

「井手が新型に手間取りまして」

「井手はどうだ？」

箱を開けながら出雲が訊ねると、

「元気です。やっぱり後衛に回したほうがいい人材ですね、ありゃ――今回は骨折で済みましたが、そのうち自分で自分を撃ちかねません」

「そうだな。藤井寺《ふじいでら》陸将に、今度の補充でもう少し人を回して貰《もら》うように頼むよ」

言いながら電源を入れる。

早速メールが入っていた。

それをざっと読み、出雲は微《かす》かに頬を歪《ゆが》めた。

「陸将らしい」

呟いて着替えを受け取った。

その時、冴子の部下の加藤《かとう》が、村松よりも大きな紙袋を二つほど下げてやってきた。

「遅い！」

冴子の叱責が飛ぶ。

十五分後。

出雲は背広に新しい防弾コート、冴子はパンツスーツという出《い》で立ちになった。

最後に除染作業の終わったそれぞれの拳銃を、部下が新しいホルスターと共に戻す。

出雲のホーグのコンバットナイフも戻ってきた。冴子はガーバーの折りたたみナイフ。

ただし、冴子のイジェメックMP－443はともかく、出雲のSIGP210Aは木製グリップではなく、真新しいABSプラスチックのものに変わっている。

「念の為《ため》丸一日預かる、ということでして」

「よくグリップが手に入ったな」

「御徒町《おかちまち》と秋葉原《あきはばら》のトイガンショップに片っ端から電話をかけてようやく、です——ただ通常の210のものなんで、マガジンキャッチの部分は、自分が穴を開けましたが」

村松は頭を掻《か》いた。

「ありがとう、曹長。礼を言う」

出雲は新しいグリップの手溜りを確かめた。木製グリップよりわずかに薄い。握りやすいが手溜りが悪い気がした。

村松が開けたマガジンキャッチの穴は紙ヤスリで丁寧に均《なら》したらしく、一見すると気付かない。

(贅沢《ぜいたく》になったものだ)

通常、軍人、警官が握る制式拳銃はプラスチックのグリップなのが当たり前だ。

だが、手溜りの良さが木製のグリップにはある。

ホルスターは同じ型番のものなので、新品特有の硬さがある以外は気にならない。

銃器関係の装備は、消耗品故に入れ替わりが激しいから、扱う側が慣れるものだ。

「一佐、とりあえず、本部の解散は明日、ってことでいいかしら?」

「構わないよ」

出雲は頷いた。

その横顔を怪訝《けげん》そうに冴子は見上げる。

「どうしたの?」

「なにがだ？」

「ここで捜査が終わる、ってこと、判ってるわよね」

「ああ」

ふたりとその部下たちは階段を降りていく——必要がない限りエレベーターは滅多に使わないことが、ごく自然に身体に身についた連中だった。

二階分おりたあたりで、絶叫が聞こえて来た。

「そんな！　主人に会えないんですか！」

ふと出雲は足を止める。

声のしたほうを覗《のぞ》き込んでみると、照井の妻として資料に乗っていた顔が、やつれた顔で背広姿の男たちに食ってかかっているところだ。

以前、熊谷の娘のところに聞き込みに来ていた警視庁の刑事だ。

たしか、迫水《さこみず》と柴田《しばた》、と名乗っていた。

「残念ながらご主人のご遺体は危険な化学物質で汚染されてて……法律に従って、そのまま火葬され、ご遺骨のみのお引き渡しとなります」

「そんな、そんな……」

六十を過ぎたばかりに見える照井の妻はその場にくずおれ、顔を両手で覆って泣き始めた。

「直彦……あなた……」

強面《こわもて》の刑事たちも、こういう愁嘆場は苦手らしく、戸惑い気味に照井の妻に声をかけ続けるが、彼女は泣きじゃくり始めた。

出雲は暫《しばら》くその様子を見つめていた。

「行くわよ」

冴子が静かに促した。

「向こうに気付かれると何かと面倒だから」

それでも二秒ほど、出雲は動かず、村松が「隊長」と声をかけてようやく階段に戻った。

黙って駐車場まで続く階段を降りながら、出雲の頭の中に、二年前の出来事が去来していた。

☆

殉職した自衛官が生きていた。

これが一年、いや半年遅れていたら、出雲の生還はマスコミの大ニュースになっただろう。

だが、日本はその頃、大規模な伝染病によって大物芸能人と政治家が次々となくなり、「パンデミック」という言葉が持てはやされはじめたばかりで、出雲のことなど気にかけている余裕はなかった。

もっとも、そのおかげで出雲に命を救われた滋賀村《しがむら》大使——今は内閣官房参事官になっていた——が無茶を承知で奔走し、たった一週間で失われた出雲の国籍を回復、パスポートを再発行してくれた。

結果、倉田《くらた》に見つけられて二週間後、三輪《みわ》出雲はひっそりと帰国した。

死んで二階級特進したものが、生きていた場合、その出世はどうなるか、で防衛省は揺れた。

出雲にとっては、どうでもいい。

記憶を失って彷徨《さまよ》った一年半で、出雲の中で何かが変わった。

過去のない人間として生き、通常の自衛官としても、日本人としても、ありえないこともあった。

暗黒街での生活で、やむを得ず人を手にかけたことも、二度や三度ではない。

記憶が戻ってきてから、その罪悪感が蘇り、自衛官としての責任と相まって、彼を責め立てた。

渋々日本大使館が割り当ててくれた部屋の中、じっと手の中で特別に外交郵袋で持ち帰ったSIGを握りしめ、これを使って自殺することを毎夜考えた。

出雲を自殺させなかったのは、たった一つのことだけだった。

死ぬ前に、妻に——真奈美《まなみ》に会いたい。

そして、願えるなら、彼女と元の生活に戻りたい。

自衛官という職務を棄《す》てても構わなかった。

翌日には封鎖される成田《なりた》に、ギリギリで降り立った出雲は、まず真っ先に公衆電話から妻のスマホの電話番号をプッシュした。

「おかけになった番号は、現在……」

機械応答の音声に、嫌な予感がした。

藤井寺に電話を入れる。

『今から言う所轄署へいけ。タクシー代は俺が持つ』

いつも軽妙洒脱《しゃだつ》な藤井寺の声が、珍しく固く、重かった。

予感が当たったことを出雲は知った。

「どういうことですか」

受話器を握る手が震える。

『真奈美さんは、亡くなった』

「いつ、ですか?」

『七日前だ――君の帰国を知らせる二時間前に発見された』

その時は、不思議にショックはなかった。

人間は大きすぎる衝撃を受けたとき、反作用的に冷静に対応してしまうことがある。

この時の出雲がそうだった。

藤井寺は電話口で説明した。

出雲が「殉職」した事件から帰国後、妊娠が発覚したものの、結局子供は死産となり、二度と子を産めないと宣告され、そこからうつの症状に一年近く苦しんでの自殺だった。

遺体は焼かれず、冷凍保存されていた。

妻の両親は出雲が海外赴任する前に相次いで亡くなり、親兄弟もいなかったため、引き取り手がおらず、そのまま無縁仏になるところを、出雲の上司である藤井寺陸将が警察に手を回して保存して貰っていたのである。

出雲はタクシーを飛ばして指定された所轄署の遺体安置所に向かった。

二年ぶりに会う藤井寺は、無言で出雲の入室手続きを取った。

ふたりは地下へ進む。

冷え冷えとした冷凍室は、映画やテレビで見たような扉がずらりと並び、そのうちのひとつが開けられた。

シーツにくるまれた物体。

そのシーツが取り去られる。

「奥様ですか」

立ち会った女性警官の言葉に、頷くまで、一時間ほどもかかったように、出雲には思えた。

記憶を取りもどして以来、誰よりもその生存を心配し、誰よりも会いたかった女性だった。

三輪真奈美。

自分が生涯の伴侶として選んだ女性。

彼女が、冷たい物体と化して、横たわっている。

二年前に別れたときより、若干やつれてはいるものの、変わらずに美しかった。

気を利かせて女性警官と藤井寺が退出し、しばらく二人きりにしてくれた間、出雲はずっと、その頬を手でさすった。

自分の体温が彼女を蘇らせないか、と愚かな子供のような妄想に取り憑《つ》かれていた。だが、どれだけその冷たい頬を撫《な》でていても、体温は戻らず、目は開かず、口は呼吸をしない。

ただ、ただ、妻そっくりな、冷たい物体がそこにあった。

「起きてくれよ、真奈美さん」

誰かが情けなくも呟いた。

「真奈美さん、頼むよ、笑ってくれよ。帰ってきたんだ、俺だよ。意地悪しないでくれよ」

――自分だ。

「君に会いたかったんだ、頼むよ、起きてくれよ」

その時になって、ようやく、出雲の目から涙が溢《あふ》れた。

歯を食いしばる。

いかなる修羅場でも、うめき声ひとつ挙げたことのない、出雲の歯の隙間から、押し殺した泣き声が漏れた。

漏れてしまうと、身体中から力が抜けた。

膝を突き、出雲は真奈美の遺体に覆い被《かぶ》さるようにして、声を上げて泣いた。

なにか、身体の真ん中に穴があいて、そこから全てが抜け落ちていく気がした。

泣けば泣くほど、穴がひろがり、抜けて行くものの勢いがましていく。

判っていても、泣かずにはいられなかった。

自衛官としての意地も、誇りも、男としての矜持も、何もかもをかなぐり捨てて、出雲は泣いた。

命がけで任務を行い、記憶を失い、異国を彷徨い、戻ってきた時には、ほんの数日違いで、妻はこの世を去っていた。

順風満帆な夫婦というわけではなかった。

恋人同士のころから、よく喧嘩《けんか》もしたし、罵り合いもした。

別れようと本気で思ったことも何度かある。

それでも、結局は「この女しか自分にはいない」と思い直して頭をさげ、戻っていく。

自分の半身と思い定めた存在。

その女性の魂は、すでにこの世界から消え去っていた。

この時から、三輪出雲の世界は無限の灰色に閉ざされた。

☆

四谷のビルに戻ると、「ゼロ」関係者の間には虚脱した雰囲気が漂っていた。

どうやら冴子が受け取ったメールの内容は既に知られているらしい。

「これでおしまい、ですか」

「一応の真相は解明できたわ。だからここのチョウバは畳む」

冴子は冷徹な声と表情で、部下たちに告げながら、自分の机の上を整理し始めた。

内心の苛立ちと怒りはあるが、何か作業をすることで紛らわせているのだ。

公安、しかも「ゼロ」となれば、この手の理不尽には常に対峙《たいじ》することになる。

たとえ仲間や部下が死んでも、上が「中止」を決定すれば、全てが終わる、それが非合法工作すら行う「ゼロ」に残される、最後の線《ライン》というものだ。

「明日の夕方までには撤収します。今日はみんなこれから戻って休みなさい」

何とも言えない気まずい空気が「ゼロ」たちの間に漂った。

「いいんですか、テロなんですよ？」

たまりかねて、岸田が叫んだ。

「それでも、私たちには停止命令が出た。捜査は終了。これ以上の工作も不要、と」

「アメリカには逆らえない、ってことですか！」

岸田は「ゼロ」に配属されてまだ日が浅い、また、仲間を失う捜査は初めてだった。

「吼《ほ》えるな、岸田」

温厚な加藤が岸田の肩を叩《たた》く。

「俺達は闘犬だ。だが、飼い主が『待て』と言えば待つしかない」

「でも……警視庁に警告とか、色々と……」

「政治的判断、というやつだ」

口をへの字に曲げて伊吹が溜息をついた。

「霞が関ばかりじゃない、永田町からの『要請』だ」

「でもですね、伊吹さん」

食い下がろうとする岸田へ、伊吹は続ける。

「二時間前、警備から警視庁は外されたそうだ。表向きは米軍が直接警備することになる——テロが起こっても、自分たちのせいにはされない、そう上層部は踏んだんだろ」

「ちょ、ちょっと待って下さいよ、米軍が？　じゃあ自国民まで犠牲にするってことですか？」

「犠牲になるとは限らない」

冴子の脳裏に、先ほど出雲の話した内容が蘇る。

完全にコントロールされた爆発なら「奇跡的に」警備の米兵や職員たちには傷一つつけないということも出来るだろう。

それでも怪我をしたり、犠牲になるものはでるが、全て計算のうち。

「どちらにしてもこれでおしまい」

ぱん、と冴子は手を叩いて、議論を打ち切った。

ところが、その横で、出雲たちは頷きあい、「では」と敬礼して部下たちが出て行く。

「では二三時五五分《フタサンゴーゴー》に市ヶ谷でよろしいですね？」

「よろしく頼む、村松曹長」

「ではお待ち下さい、一佐」

一瞬、ちらりとこちらを見た、出雲の部下たち、510臨時特別行動班の顔に、爽やかな笑みが浮かんだ。

自分たち同様、挫折を味わっている者の表情ではない、決して。

「どうしたの？」

「俺たちは後始末をする」

「え？」

「国内でテロを起こすものは、テロリストだ。今回の連中はあろうことかＣＩＡを騙《かた》ってる」

無表情な三輪出雲の目が、冴子を見返した。

「爆弾テロは、未然に防ぐ」

「どうやって？」

「奴らを殲滅《せんめつ》する——幸い、手段は熊谷の残した資料で判ってる」

淡々と、いつものように三輪出雲は言い切った。

「この国でテロを起こす連中を、生かして帰す気はない。また生き残ってＣＩＡ本部に言上されても迷惑だ」

「まって、上層部は事件を終了した、と決定してるのよ！」

「警察庁《そっち》の上層部はな」

「防衛省だってそういう決定をしてるでしょう！」

「俺たちは防衛省の正式な部隊じゃない。書類上は存在しないし、管理されているわけでもない。俺も含め、５１０臨時特別行動班は、書類の上では『諸事情により』無期停職扱いの連中だ。つまり俺らは勝手に動いてる。藤井寺陸将の趣味に付き合ってな」

「まって、まって、まってまって！」

冴子は自分の声が上ずるのを感じた。

「ゼロ」も、一種無法な非合法組織ではある、だが、最後は理事官による直接管理、という実体がある、それが組織に所属する非合法活動機関最後の「組織内に存在する」ための「線」だ。

この男はあっさりと、その「線」を切ってしまおう、と平然と言い、部下たちもそれに従っている。

「俺は幽霊だ。四年前に一度、二年前にも死んでる。部下たちは俺に付き合うと決めた時点で、自衛隊員として原隊復帰はありえない。だから特別に色々手当が出る」

冴子も知っていることを、確認するように出雲は口にした。

三輪出雲の部下たちは、みな何らかの問題を抱え、高額の手当を与えられる代わり、死んでも構わないという連中だ。

「今の日本の法律の内側では、この国は守れない。だが守る為に法律を破ることを、組織が黙認し始めれば歯止めが利かなくなる。この国はいつもそうやってしくじってきた。だから君たちには限界がある」

「そうよ、でも、あなたたちも同じでしょう？」

「だから俺たちは、個人の思い込みの範疇《はんちゅう》でやる……俺たちに、正式な停止命令は出ていない」

出雲はそう言って自分のスマホの画面を見せた。

藤井寺からのメールには、何も書かれていない。

「たぶん、藤井寺陸将は『メールの中身を書いたつもりでうっかり送信した』んだろう。たぶん、明日の昼過ぎにはちゃんとした停止命令の文言を書いた新しいメールが届く。だが、それまで、自分たちは自由に動ける。まだ」

ただの空白メール──それが、白紙委任状の代わりなのだ、と冴子は気付いた。

愕然《がくぜん》とする。これはもう組織ではない。出雲たちも公務員の行動ではない。

相手と同じ非合法のテロリストだ。

「服務規程……いえ、国家公務員法違反で訴えられるわよ？　下手すると銃刀法違反に殺人罪や、テロ等準備罪、それどころか団体規制法だって適用される可能性が」

「構わない」

冴子の言葉を断ち切るように、三輪出雲は微笑《ほほえ》んだ。

春の陽射《ひざ》しのような、暖かい笑みを。

禍々《まがまが》しい凶気の現れた笑み、と呼ぶには余りにも鮮やかだった。

「死人は二度は死なない」

冴子の理性は、このまま彼らを見送るべきか逡巡《しゅんじゅん》していた。

警察の一員としては、彼らを逮捕勾留するべきだと思う。

だが、三輪出雲の笑顔と、彼らのこれからなす行動は、冴子たちこそがやるべきことの肩代わりでもあった。

「真っ正面からぶつかるつもり？」

「いや、テロリストの流儀でいく」

「そう……伊吹、『タカマガハラ』周辺の資料と警備状況、資料あるわね」

「はい」

「USBメモリに入れて」

伊吹もまた冴子同様、一瞬の躊躇《ちゅうちょ》を見せたが、すぐに「はい」と頷いてノートPCを操作し、USBフラッシュメモリをポートに刺す。

ほんの一分ほどでデータ転送を終えたそれを伊吹が冴子に手渡し、出雲の手に渡る。

「出来れば、送電施設を破壊することをお勧めするわ。それも派手にね――何かあれば使節団の視察は中止になる」

「ありがたい。施設科の奴がいるからこれで何処を押さえればいいかが判る」

「隊長、出発準備が整いました」

「判った」

出雲は、無表情に背筋を伸ばし冴子たち全員に向けて敬礼した。

村松もそれに倣う。

冴子たちはただ、黙ってその姿を見つめるしかない。

「では、皆さん、失礼します」

踵《きびす》を返し、出雲たち510臨時特別行動班は、大股に部屋を出て行った。

ドアが閉まる。

後には彼らの使用していたノートPCとDVDプレイヤーとディスプレイ、書類束が残される。

暫く、冴子たちは無言で出雲たちが去った方向を見つめていたが、

「出撃しちゃいましたな」

という加藤の言葉に我に返った。

「出撃……ね」

確かに、今の光景は出撃と呼ぶに相応《ふさわ》しい光景だった。

「いいんですか、資料を与えて」

伊吹がようやく訊《き》く。

「他に今の私たちには何もできない」

「三輪一佐に、村松、藤《ふじ》、甘木、曾我《そが》、友利《ともり》、負傷してるけど古橋《ふるはし》……ちょうど七人ですか」

「サムライじゃないわ、自衛官よ、彼らは」

言い切った冴子は、しかし少し首をうつむけた。

思考が巡る。

「ちきしょうめ、俺たちも止められてなければ……」

悔しげに岸田が拳を固めた。

「彼らは、上手く行きますかね？」

他人事《ひとごと》にしてしまおう、という空気を隠そうともせず、加藤が伊吹に問うと、伊吹は頭を振った。

「わからん。何しろ相手はＣＩＡだ。これまでのドンパチを見てても、人数はまだ十数人は残ってるだろう」

「どう考えても倍以上はいますよね」

「決めた」

冴子はそう言ってジャケットの襟元を直した。

「ちょっと牧《まき》副理事官のところへ行ってきます」

「班長、何考えてらっしゃるんですか？」

加藤の問いに、

「私の出世にとってはとっても不味《まず》いけど、『ゼロ』――いえ、公安と警察全体のためには必要なことよ」

冴子はそう答えて部屋を出た。

明らかに、部下たちの間には、押し隠しているが、出雲たちへの「憧れ」があった。己の命を賭けて、国家の安全の為に奉仕する男たちが、それを阻まれた。逆に、自分たちを尻目に、まるで映画やドラマのように、死を覚悟して飛びだしていく自衛官たちがいる。

危険だった——ロマンチシズムは過ちを生む。今ではなくても。

出雲が敬礼して、背中を向けた瞬間、冴子は自分が逮捕命令を部下に出すべきだった、あるいは自ら銃を抜いて出雲を撃つべきだったと後悔した。

恥ずかしいことに、あの瞬間、冴子もまた、出雲のロマンチシズムに呑《の》まれていたのだ。

不覚だった。

「格好いい真似《まね》、自衛隊にだけさせて堪《たま》るもんですか」

吐き捨てるように冴子は言った。

公安なりのロマンチシズムのはけ口が、将来のためにも必要だった。

☆

四谷のビルの一階で、トヨタ・ハリアー2・0三台に、出雲たちは分乗した。

夜の十時を回っている。

「どこへ向かいます、隊長？」

ハンドルを握る村松に、

「とりあえず、予定通りに市ヶ谷だ。あとはホームセンター。炭素繊維ケーブルと肥料の買い出しに行く」

出雲は命じてスマホを取り出した。

キリアンの携帯電話の番号を押す。

『やあ、ようやく除染は終わったのかね？』

キリアン・クレイの声にはアルコールの色があった。

「悪いが、これから筑波に行く」

『ほう？　君の所の政府の意向を無視するのか？』

「そういうことになるな」

藤井寺の白紙メールの件などは口にしない。相手に情報を与えるために電話をしているわけではないからだ。

「R・リューには警告しておけ。それと明日の使節団の見学は中止だ。今夜大騒動が起きるからな……それとも予定を繰り上げて、お前の泊まっているホテルで爆弾騒ぎでも起こすか？」

『いいねえ。イズィー。まるでジェイソン・ボーンみたいだ』

「奴は俺との決着を付けたがっているんだろう？　GPSを辿《たど》って会いに来い。そうじゃなければこっちはどんな手段を使ってでもお前たちの計画を停める」

『いいだろう、彼も喜ぶ……僕もね』

愛嬌《あいきょう》のある、愛すべきキリアン・クレイの声は消え、侮蔑で出来た氷のような声が聞こえて来た。

出雲の表情は動かない。

衝撃はなかった。

彼もまたＣＩＡの職員なのだ——そして、理由は分からないが、腹の底では出雲を嫌悪している。

Ｒ・リューがＣＩＡのコントロールを逸脱しているのは間違いないが、それを二度も行ったというのは、間違いなく、キリアン・クレイが「そうさせている」からだというボンヤリした推理が、これで裏付けられた。

『君が死んだら祝杯を挙げよう』

「俺が生き延びたら、お前の前に現れる、必ず」

静かに出雲が言うと、無言で電話は途切れた。

☆

明治神宮《めいじじんぐう》近くにある高級ホテルのパーティールームから離れて、ロビーに出ていたキリアン・クレイは、出雲の電話の後、仮面のような無表情で、電話番号を呼び出した。

コール三回で相手が出る。

「イズィーが引っかかった。GPSで奴を追え」

『意外ですね、日本政府がこっちに逆らうなんて』

「奴の独走だ――恐らく日本政府の連中は、奴の暴走が上手く行けば事態を収拾、上手く行かなければ知らん顔を決め込むつもりだろう」

『……ずいぶんと小賢《こざか》しい話で』

相手――R・リューは呆《あき》れた声を出した。

アメリカも他の国々も、いまどき、テロに対しては断固とした処置を執る。

「だからこそ、この国で実行するわけだよ」

キリアンは暗い顔で嗤った。

「日本政府は我々に逆らえない。だから彼らを殺しても跳ねっ返りを始末しただけになる。むしろ明日の出来事をこちらの有利な材料に出来るだろう——君らのボーナスもあがる」

『感謝しますよ、ミスター』

電話の向こうでR・リューは答えた。

『これで彼女の仇が討てる』

「爆薬のほうは？」

『すでに設置済みです』

「どこから来ると思う？」

『電源か、会場に直接か、どっちかでしょう。必ず潰します』

「頼むよ。彼みたいな、乱暴なガッツのある人間が、日本にいることはアメリカの国益に適うものではないからね——では」

電話を切ると、キリアンは人なつっこい笑みを浮かべ直し、パーティ会場へと戻る。

高い天井、敷き詰められた絨毯に上品な音楽。

アメリカのホテルより手狭なのはともかく、並べられた料理とコンパニオンの質は、決してワシントンDCにも負けない……いや、料理と酒のレベルはこちらが上だ。

経済的にアジアのどん尻に転落しても、この国には奇妙な矜持があって、外国から来る「客」へのもてなしのレベルを下げようとはしない。

自国民が、どんな不利益を被っても。

たとえば、数百人の罪のない人間が病院で射殺されても。

この大人しい羊のような国民性こそが、アメリカが日本を愛する、大きな理由の一つだ。

「やあ、婿殿」

すでに真っ赤な顔になった上院議員の一人が、キリアンを見つけて両手を広げる。

「お義父《とう》さん、どうですか、久しぶりの日本は！」

満面の笑みでキリアンがハグすると、上院議員は甲高い笑い声をあげた。

「日本のサケ《SAKE》は相変わらず美味《うま》いし、美女もいる。この国ではまるで王侯貴族になった気分になれるから好きだ！　パパラッチ共もここまでは追ってこないしね……で、我が娘、サリーはいつこっちにくるのかね？」

「まあ、診察結果次第です。そんなに待たないですむとは思いますが、お義父さんとは入れ違いになるでしょうね」

キリアンの妻、サリーは体調不良を理由に来日を延期し、今頃は「本物の」恋人とニューヨークの夜を満喫しているはずだ。

「あの娘《こ》は昔から難しい子だったからな……」

その娘が、実は同性愛者で、キリアンとは一種の契約結婚でしかないことは、この上院議員の知らないところである。

彼女はうるさい親の介入を防ぎ、キリアンは出世の糸口を掴む。

妊娠に関しては三年後に人工授精、ということで話が付いている。出産後は離婚、彼女はカミングアウトして養育権を得、キリアンはフリーになる予定だ。

「大丈夫ですよ、お義父さん。彼女は快復したらきっと日本に来ます」

じきにその「恋人」は浮気がばれる「予定」である——そうなれば、彼女はあっさり日本へ来るだろう。

あとは数年、ここでCIAの情報収集の統括任務を行い、本部に戻れば出世の道が待っている——四年前のヴィダムナ共和国でのパーティ会場襲撃による政府関係者への揺さぶりの成功からはじまって、キリアンは順調に経歴を積み上げてきた。

「まあ、それよりもだ」

キリアンの義父は酔っ払いの唐突さで話題を変えた。

「あの娘に赤ん坊ができたら、だが——早くCIAなんて穢《けが》れ仕事を辞めて地盤を継いでくれ、キリー。私は孫の相手をしながら余生を過ごすと決めているんだ」

「ははは、僕はお国に身を捧げている身です、身勝手に辞めるわけには行かないですよ」

それだけではない。今がキリアン・クレイにとって出世のチャンスだった。

新自由主義の信奉者である、前の大統領が四年後に再出馬を考えているのは明白だ。大統領選敗北後は、莫大な次回選挙資金獲得のためにも、彼の所有する複合企業体《コングロマリット》の経営が上手く行くことを最優先にしている。

それを阻もうと不穏な動きをする議員たちの「始末」も重要だが、特にインターネット回線部門は重要だった——何しろ、前大統領の末娘はその事業の総責任者なのだから。

特にインターネット回線部門は重要だった——何しろ、大統領の末娘がその事業の総責任者なのだから。

そのためにも明日の日本のスマートシティ「タカマガハラ」の爆破テロと、それに伴う新通信網への打撃は、必要だった。

無事に上手く行けば、大統領が任期の間に、代替わり程度では動かせない地位まで昇っていける。

キリアン・クレイは確信していた。

日本の、孤立した兵士たちが、自分たちの圧倒的な物量の前に、風に吹かれた灰のように散っていくのを。

偉大なるアメリカは、二度と日本には負けない。

「なあ、頼むよキリー」

あとは適当に受け答えをしているうち、キリアンの義父を探して、日本の経産省の役人がやってきて、ペコペコ挨拶をし始めたので、場をなんとか離れる。

会場を出ると、キリアンは苦い顔になり、再びスマホを取り出した。

「追加注文だ」

今にも反吐《へど》が出そうな表情で、キリアンは電話の向こうに命じた。

「ついでに義父が死ぬ所も撮影しておいてくれ、葬式で繰り返し流してやる」

『お義父上《ちちうえ》は負傷のみに留《とど》めるのでは？』

「何事にも多少の誤差はあるさ。まだ夜は長い——それぐらい出来るだろう？」

☆

出雲たち、510臨時特別行動班が向かったのは、市ヶ谷、といっても、防衛省のある防衛省市ヶ谷地区の庁舎ではない。

その近くにある倉庫である。

出雲たちの装備品で、どうしても非合法にあたるものはそこで引き渡される決まりになっていた。

倉庫の側まで来るとシャッターが開き、奥にはいくつかの木箱と、藤井寺が制帽に制服……常装冬服、と呼ばれる姿で待っていた。

「すまないね」

出雲たちが車から降りると藤井寺は開口一番、そう言った。

部下たちは木箱の中身を取りだし、素早くチェックしては、トヨタ・ハリアー2・0の中に積み込んでいき、あるいはその場で身に纏《まと》う……どれも最新型、あるいは実験段階のボディアーマーやヘルメット、コンバットブーツに、重火器類と弾丸である。

「いえ、我々はそういうものです」

「君たちが死んでも、これで終わりにはしない」

「理解しております」

出雲からすれば、自分が死んだ後のことは関与できないし、興味もなかった。

このまま藤井寺の白紙メールを受け取って「裏を読んで」これ以上の行動を停止することも考えた。

だが、どうしてもこればかりは「ダメだ」と結論したのだ。

何故なのか。

やはり病院で見た照井の妻の姿が影響しているのだろう。

藤井寺が隙間を空けたのは事実だが、そこに手をこじ入れて、ＣＩＡとの戦闘、という「任務の向こう側」に行こうとしているのは出雲の勝手である。

「本当に、すまない」

「しかし、我々の暴走と武器庫の管理責任……ご迷惑をおかけします」

「まあ、どうせ私は『陸将溜りのヌシ』だからな……それに木箱の中身は合同演習でアメリカさんに押しつけられた代物だ、書類上は明日、溶鉱炉で廃棄処分されたことになってる。だから存分に使いたまえ」

「あの、た、隊長」

村松が戸惑った声を出した。

「これ……」

そういって、いくつかの木箱の中身を見せる。

さすがの出雲がぽかんとした顔になり、藤井寺を見た。

「アメリカとやり合うんだ、それぐらいいるだろう？」

「ありがたくあります」

出雲は敬礼した。

「どこで憶《おぼ》えたんだ、そんな言い回し」

不思議そうに藤井寺が訊ねた、そんな言い回し鉄拳制裁のさいに殴られる側が「言わねばならぬ」とされた言葉遣いだ。

現在の自衛隊では、否定される言い回しである。

「最後かもしれませんから、媚《こ》びの一つも売ろうと思いまして。感動なさいましたか？」

敬礼したまま、口元だけ出雲は笑った。

☆

「なんでまた俺たちが引き揚げる必要があるんですかね」

不満たらたらで、警視庁警備部警護課の刑事たちは臼井にあるスマートシティ「タカマガハラ」から、引き揚げるバス車両の中で揺られていた。

周囲に住宅が全くないのは、ここが筑波山の麓だからだ。

オマケに近年は流感騒ぎですっかり定着した「自粛」のお陰で、ゴルフ場もナイトゲームの運営を止め、早めに照明を切っている上、街灯もほぼない——まるで昭和の半ばのような暗闇が立ちこめていた。

遠くに人家の明かりすら見えず、カーナビと道路だけが頼りの道程だ。

十一月も末、早くも冬の凍てついた空気が筑波山の麓には吹き下ろし、バスの中は詰めこまれた人数もさることながら、暖房が効いているだけに、窓が真っ白に結露し始めていた。

「しかたないさ。アメリカさんが自分たちでやる、っていって聞かないんだから」

「そんなに俺たち信用されてませんか？」

「まあ、地方の不祥事やら何やら、向こうの市民団体から文句言われることが多いから、それもあるんだろうが……明日来る上院議員の中には次の大統領候補、って呼ばれてるのが一人混じってるからなあ」

「警備員まで退出ってのは徹底してますよねえ」

「ま、アメリカは先代のモロコシ頭《ヘッド》な大統領になってから、テロと内乱の心配でおかしくなってきてるからな。神経質にもなるだろう」

「——にしても警護の中にいた、あのマスクのやつ、怪しすぎますよ」

「仕方あるまい、米兵さんの制服つけてる以上、向こうの勝手だ。会社のほうだってそれでいい、と受け入れたんだから仕方がないさ」

「でもなにかあったら……」

「その時は俺たちに責任はない。米軍に明け渡すと決定したのは上層部だ。俺たちの知ったことかよ」

☆

「ボスのオーダー通り、どの並びでも来ても例の上院議員が吹き飛ぶようにしましたよ。でもこれだと他の負傷者の確率も上がりますが」

スマートシティ「タカマガハラ」の警備用監視室で、量子コンピューターへ接続したノートPCを操っていたイスラム系の部下が、上司であるR・リューと同じ顔全体を覆うマスクの下、あきれ顔で告げた。

周囲には普通の海兵隊員もいて、胡散臭《うさんくさ》そうにこちらを見ている。

故に、この声は喉に巻いたスロートマイクを通して、である——僅かな筋肉の動きを拾って声に変換するこのマイクは、他者に会話を聞かせない機能を持っている。

「舅《しゅうと》を吹き飛ばそうってことは、そうとう仲悪いんですな、ボス」

「仕方ないさ。結婚ってのはそういうものだ」

R・リューは答えながら、仮面の位置を直した。

全員、今はアメリカ海兵隊の戦闘迷彩服姿である。だがどこの分隊でありどこの小隊なのかを示す襟章などはない。

さすがに最近の米軍も、外出時には流感用の医療マスクをつけても構わないようになったが、顔全体を覆うR・リューのマスクは異様で、やむなく、全員にマスクを装着させ、「極秘任務の電子戦部隊から来た」というカバーストーリーをでっち上げている。

階級章はリューが少尉で他は適当だ——PMCにとって隊長以下の階級は無意味だからである。

警護に当たっているアメリカ海兵隊は一個小隊。十三人で編成される分隊三つで構成されている。R・リューたち三十人は「特別小隊」として編入されている。

これでも数は減った——熊谷の家と、目黒の病院で三輪出雲たちと荻窪冴子たちの手にかかったものが一分隊、十二人はいる。

何人かの小隊員たちは、彼らに胡散臭さを感じているようだが、上官命令には逆らえない。

キリアン・クレイが要請した文書は、正式なワシントンDCからのものだからである。

それよりも、「ハイテクジャパン」の最後の時代を知っている世代が殆《ほとん》どだから、それが復活したような、このスマートシティを、物珍しげに眺める者も多い。

視察団を前に、最終点検のためもあって、全ての電源は入ったままだ。

煌々《こうこう》と明かりが灯《とも》る無人の街中を、平然と車が走り、軽やかな音楽が流れる。

完全武装した迷彩戦闘服の海兵隊員は、その平和な未来都市には、砂糖細工の中のステーキ肉のように、酷《ひど》くチグハグに見えた。

R・リューたちはその間を走りまわり、適所へ爆薬を仕掛けていく。

表向きは「監視用機材」だ。

実際、いくつかは本物の監視用カメラだったり、専用の大型バッテリーだったりするが、実際の荷物の半分は、指向性爆薬とその爆破用受信機。

ここから明日の朝、視察団が来て、足を踏み入れる最初の場所から、爆破地点までのデータを、ノートPCを中継して接続した量子コンピュータで解析し、爆破用アプリのタイミングを調整する——こうすることによって、特定の人物のみが重傷を負うか、即死し、それ以外は軽傷で済む。

「で、ボス、俺たちは次にどうすればいい？」

セッティングは十一時には終了した。

アジア系の部下が、喉に巻いたスロートマイクのスイッチを入れた。

無線の周波数は、彼ら独自のものに合わせてあった。米軍の公式な無線への対応は、PCの前にいる部下がことのついでに行っているから問題はない。

「全力で奴を潰しに行く。俺の大事な妹を殺した奴を」

R・リューは即答した。

「どこへ?」

「奴らが来るのはどうせ判ってる。ここの電源を落としに来るつもりだ——日本人の行動は『悲壮感』で予測が出来るもんでね」

「奴ら、どうやってここまで来ます? 変電所は結構近くでしたよね?」

「だが、変電所爆破が出来るとは相手も思ってはいないさ」

「というと?」

「——現に奴はセルのチップをそのままで持ち歩いてる」

アメリカではスマートフォンも含めた携帯電話全てのことをモバイルフォン、あるいはセルフォンとよび、日常会話では縮めて「セル」と呼ぶ。ちなみにイギリスでは「モーバイル」だ。

「決闘でもするつもりですかね?」

「そのつもりなんだろう」

R・リューはくぐもった嘲笑の声をマスクの下で上げた。

「俺とA《アルファ》分隊は一緒に来い。B《ブラボー》とC《チャーリー》分隊は変電所へ。ああ、監視室のアミルは残れ。量子コンピューター相手のお話が残ってるだろう?」

『いいんですか?』

無線でC分隊の隊長が訊ねる。

「ここから一六キロ彼方の変電所が俺たちの最後の砦だ。頼むぞ」

『いえ、そうではなくて、その車での襲撃というか、遭遇戦になるのでは？』

C分隊の隊長の問いに、R・リューは再び笑った。

「いいさ、『ワイルドスピード《Fast & Furious》』ごっこも、たまには悪くない」

☆

荻窪《おぎくぼ》冴子は同時刻、警察庁において牧情報第二担当副理事官と、十四階にある公安総務部の、書類棚で迷路のようになった奥にある、小さな執務室で対峙していた。

総務部、といっても名ばかりで、実際にはここが「ゼロ」の司令塔である。

「で、君は彼を停めもしなかったというわけかね？」

「停めて止まる相手ではありません……自衛隊ですよ？」

「それは、そうだな。で？」

「私と部下に十時間だけ、自由に動く許可を下さい」

「なぜだね？　彼に情が移ったか？」

「違います、彼等をそのままでいかせて失敗すればただの無駄死に、意味不明なテロリスト同士の殺し合いで処理できるかもしれません」

冴子は真っ直《ま す》ぐに、椅子に座ったままの牧の目を見据えて答えた。

「――が、仮に生き残った場合、我々が防衛省に借りを作る事になります。貸しを作る必要はありませんが、将来を考えれば我々も動くべきです」

「どういう将来を考えている」

「伍堂《ごどう》ノートに書かれているんじゃありませんか？」

完全なハッタリだった。牧が伍堂ノートをどこまで尊重するか判らない。

公安の思考回路で言えば、伍堂ノート自体がすでに「古すぎる情報」だし、一種のオカルトだ。

「君の言葉で答えたまえ」

牧はやはり甘くなかった。

「では」

と冴子は息を吸い込み、一気呵成《いっきかせい》に告げる。

「私が恐れているのは、日本国内で、こういう『都合のいいテロの実験場』が発生し、それが国民の感覚を麻痺《まひ》させ、国内テロの多発に繋がる将来、です――今回の事を許せば、その状況は容易に発生していくと思います。アメリカがやるならイギリスが、フランスが、ドイツが。その度に我々警察組織の信用は失われ、市民にも『あれでいいんだ』と錯覚する人間が増えます。そうなれば今格差と不景気に憤懣《ふんまん》が膨らんでいる現状で、テロに走る者たちが増えるのは予想の範囲を超え、現実になり得ます」

「なるほど、君は今回の事を蟻《あり》の一穴と考えているのだね？」

「そうです」

「では帰りたまえ。後始末と報告は明後日の朝で良い」

にっこりと牧は笑った。

そうすると、不思議なことに、人のいい温厚な小学校の教師のようにも見える。

思わず冴子は感情的になりかけたが、二秒ほど牧の顔を見て、理解した。

（これが、うちの管理官の『白紙委任状』ということか）

「はい、失礼します」

冴子の返事に、牧は満足げに頷いた。

「ああ、そうそう。本件の予算は、あと三〇〇万ほど、余りそうだ」

その言葉の意味を、冴子は退出して廊下を歩きながら考えた。

足を停める。

「――なるほど。燃料代ということね」

エレベーターのボタンを押しながら、そう呟いた。

▽第七章・死線応戦

☆

出雲たち510臨時特別行動班のトヨタ・ハリアー2・0は、市ヶ谷駅の、印象的な風景である、釣り堀を右手にみながら、外堀《そとぼり》通りからサッカー通り、蔵前橋《くらまえばし》通りを走って、隅田川《すみだがわ》を横切った。

しばらく区役所通りを北上すると、源森川《げんもりがわ》水門を左手に橋を渡って、水戸《みと》街道へと乗った。

臼井の実験都市への電力を供給している最も重要な変電所は、そのためにわざわざ建設されたもので、土浦《つちうら》は白鳥町《しらとりまち》の、市道から入った所にある。

出雲の隣のシートは倒され、後部座席一杯に荷物が積まれているからやや窮屈だ。うち一つはハリアーのサンルーフを半分開けて、その先端を突きだした状態になっている。

さらに、市ヶ谷で手に入れた防弾ベストの余りを車内に、アメリカ製の強力なダクトテープで貼り付けて補強してある——映画と違って、車はエンジンブロックか、タイヤの陰に移動しない限り、弾丸を簡単に通してしまう。

映画でも、よく使われるようになった、五十口径の狙撃銃となれば、エンジンブロックの陰にいても危うい。

とどめとばかりに後部座席の残りにはダウンジャケットのお化けのようなものがロール状になって押し込められている。

おかげで、随分とハリアーは窮屈だ。

「しかし、本当に死んだみたいな感じですね」

荒川《あらかわ》を渡る手前で、しみじみと村松が呟いた。

深夜を過ぎたとは言え、東京はまるで死んだように明かりがない。

行き交う車のライトさえまばらだ。

「昔は新宿も墨田も、こんなに静かじゃなかった」

『感慨深くなると、年寄りの証拠だっていいますよ、村松さん』

後続車両のハンドルを握る古橋が笑う。

「かもなあ。俺ももう四十も終わりだ。つい三、四年前まではこの時間でも、もっと灯りがついてた——例の流感のお陰で、何もかも変わっちまった」

敵との遭遇を前に、気が緩んでいるのではなく、むしろ逆に緊張が頂点に達しているので、それとなく解放しようとしているというのは、出雲にも理解出来るから黙っておく。

(だが、確かにそうだ)

村松たちと同じく、迷彩戦闘服にヘルメット姿の出雲は、ふと窓の外に目をやった。

眠《ねむ》らない街、東京。そんなキャッチフレーズが陳腐化しているほど、東京は明るい街だった。

東京だけでなく、日本中が早く眠るようになって久しい。

睡りたいから、ではない。

二年前、重篤性の高い流感の世界的大流行により、全てが変わった。

規則正しく、美しく。家を出ず、他人とは距離を置いて。

個人が夜遅くまで出歩くことは、これまで以上に「悪いこと」になり、繁華街に「夜の街」という蔑称がついてからは、遊ぶこと自体へ、禁忌の感覚が加速した。

(日本人は、千代田のお城のお方以上に、『世間様』という神様を崇《あが》めてる、という冗談があったな)

出雲はボンヤリと思う。

「世間様」が決めた禁忌を破ると、天罰のように感染者数が上がり、皆がそれに励めば下がった。

科学的な理由があってのことだが、ほとんどの人間は「考え続ける」ことを無意識に避け、「考えないよろこび」という麻薬に夢中になる——結果「禁忌」はますます呪縛を強めた。

馬鹿馬鹿しい話だが、それから二年。日本人は新しい禁忌の中の生活に慣れてしまった。

耐えて慣れる、ということが日本人の美徳なのだ。

眠れぬ者は動画サイトを眺め、ＳＮＳで誰かの、あるいは自分の考えを追いかければいい。

失業率は上がり、物価はあがり、税金も上がる。

誰もが支払わねばならない、「消費することに対する税」という税金まである。

気がつくと村松たちは会話をなんとなく止めており、成田を東に見ていることに出雲は気がついた。

四年前、日本を出て南アフリカに赴任するとき、出雲は不安がる妻の真奈美をこう言って慰めた。

『大丈夫、真奈美さん、辛《つら》くなったら日本に帰ってこよう』

あの時、成田空港から見た風景は、もっと明るく、輝いていた。

風邪の類いだ、と侮ったいくつもの大国が流感による死者を大量に出し、貧しい国は更に。そして日本は一時、アジアでは最悪の患者数を出した。

病気が猛威を振るう最中、感染の恐怖が治まった後の、当時の政権における対策のまずさは、政府側の人間である出雲でさえ「眼も当てられない」と思った程だ。

(熊谷が裏切ったのは、そういうこともあるのかもしれんな)

死んでしまったものの心中は判らない。

だが、バブル時代を知り、IT開発競争の中で、もっとも良い時代を経験した人間なら、今の日本のこの有様を見て、世界制覇の可能な、新世代通信網に明るい未来を夢見ても、おかしくはない。

(せめて、子供たちには──か)

親がよく言っていた言葉を思い出す。

結局、真奈美との間に子供は出来ず、この言葉の意味は永遠に出雲の謎になるだろうが、ぼんやりと輪郭は理解出来た。

『でも、いいじゃないですか』

最後尾のハンドルを握る曾我が明るく言う。

『今回の任務じゃ最後の最後に懐かしい武器《もん》を使えるわけですし』

『そうだなあ』

感慨深げに古橋が頷く気配がした。

『まさかこいつが使えるとはなあ……それもこんなに格好良くなった奴をよ』

何かをぺちぺちと叩く音。

出雲も、自分が持っている銃を、思わず撫でた。

出雲の年代の自衛官にとっては、かけがえのない「相棒」。

そしてこれから入隊する自衛隊員にとっては「過去の遺物」と呼ばれるものを。

八九式小銃。

ただし、専守防衛の象徴《シンボル》である二脚《バイポッド》は外され、マガジンキャッチがアンビになり、光学機器や後付けでグリップを装着するための二〇㎜のピカティニーレールが、ハンドガードの上下左右と、照準器の前にも装備され、弾倉をはめ込むための入り口であるマグウェル部分も、滑らかに広げられた。

トリガー周りの部品も円滑に動くように研磨され、銃床は空挺団の使う折り曲げ型銃床の上にアメリカ軍のM4用のマグブル社製による、伸縮式になっている。

年号が変わって採用されることになった、二〇式小銃の開発段階で試作された、八九式小銃改、とでもいうべき代物だ。

弾薬も通常の5・56㎜のフルメタルジャケットではなく、防弾チョッキを貫通出来るブラックタロン、と呼ばれる特殊な弾頭を使っている。

出雲は光学照準器だけだが、村松たちは市販されているフラッシュライト付きのフォアグリップを先台の下に装着して持ちやすくしている。

古橋は面白がってレーザーサイトまで装着していた。

銃身もファイアリングピンも新規の形状になっているので、残された薬莢《やっきょう》や、弾丸から足もつかない——日本の警察鑑識は、これを自衛隊の銃だとは判断出来ないだろう。

「はしゃぐなよ、みんな。こいつは使ったら全部回収して処分、なんだからな」

村松が苦笑交じりに話を締める。

そんな会話をしているうち、車は手賀沼を越えた。

かつては水戸街道と呼ばれた、国道六号を北上する。

利根川《とねがわ》を渡り、警察を過ぎて藤代《ふじしろ》バイパスに乗る。

小見川《おみがわ》を渡ると、余裕のある片側一車線に、防音障壁の道が続く。

八間堰《はちけんぜき》を右手に見ながら牛久沼《うしくぬま》を渡り、住宅地に入る。

時間もあって明かりはまるっきり見えず、ホームセンターやレストランの類いも防犯灯もつけず、完全に明かりを落としている——外出自粛と緊縮財政はセットでやってきて、今や夜は暗いもの、というのは大きな路沿いですら当たり前になって久しいし、二年前の流感騒動で経営破綻して店子《たなこ》が去ったまま、次の借り手がいない店舗も多い。

コンビニも閉店している所が目立つが、これは本当に閉店しているのか営業時間短縮なのかは判らない。

一旦、そこで車をとめ、出雲たちは後部座席を占拠していたロール状に巻いたダウンジャケットのお化けを広げると、ハリアーに被せた。

出雲も動いて、ボンネットと左右のドア、そして後部ハッチを覆う。

アメリカのアイディア商品のような装備で、強力な磁石とワイヤー付きフックを使い、十五分もあれば一般車両をそこそこの装甲車両に変えられる、という代物だ。

ダウンジャケット自体はケブラーで織られたもので、そのもこもこと膨らんだ中身は「竜の鱗《ドラゴンスケイル》」と呼ばれるセラミックとアラミド繊維の複合物だ。

手榴弾《しゅりゅうだん》の破片や、アサルトライフルの弾ぐらいまでなら防いでくれる。

彼方に明かりが見えた。

全高一二〇メートルの牛久大仏が、神々しくライトアップされ佇《たたず》んでいる。

このご時世だからこそ、と、この巨大な仏像は、今では毎日、しかも以前と変わらぬ光量でライトアップをされていた。

経費削減を理由に、都庁やスカイツリーですら、ライトアップを航空法最低限のものにして久しいが、宗教施設や、この牛久大仏のように素朴な善意の象徴的建造物は、ライトアップ自体の光量は変わらないのに、その輝きを逆に増しているようにもみえる。

四年前の出雲だったら、その姿を見て、どこか、これから起きるであろう殺し合いを、ただ悲しんでいるようにも、怒っているようにも見えたかもしれない。

だが今の出雲の心に去来するのは、あの大仏はいざというとき、方角を知る目標になる、というメモ書きのような思考のみだ。

出雲たちは再び車を出した。

桜川橋《さくらがわばし》を渡り、虫掛《むしかけ》に入ると同時に、水戸街道から下の市道へ降りる。

この辺りからはしばらく、民家よりも原野と畑、たまに民家、という風景が広がる

——一般市民の迷惑は最低限で済ませるつもりだった。

午前二時、当然のごとくついている明かりはなく、街灯もない。

「そろそろですかね？」

村松の声が軽く緊張をはらんで発せられる。

「そろそろだろう」

出雲は頷いた。

向こうとしては自分らの姿が、臼井の「タカマガハラ」に見えたり、銃撃戦の音が

聞こえたら、その時点でアウトだ。

　必ず、このあたりで仕掛けてくる。

「ライト消せ。明かりは連中の的になる」

「はい」

　三台のハリアーは一斉にライトを消した。

　村松がそれまでヘルメットのバイザーごと引き揚げていた暗視装置《ノクトビジョン》を降ろす。

　村松はじめ、ドライバーは無倍率、助手席の三人は三倍の倍率で夜道を見張る。

　出雲も同じようにした。

　かつて暗視装置は激しい光に突然晒《さら》されるとリミッターが落ちて見えなくなる、という不具合が付きものだったが、今は即座に光度調整が行われるため、裸眼よりも安全だ。

　出雲を乗せたハリアーは県道一九九号へ向けて道を折れる。

　相手が総出で出てくれれば、こちらの三倍以上の人数になる。

　だが、それはない、と出雲は踏んでいた。

　アメリカもR・リューも、強い上に傲慢だが、愚かではない。

　必ず、変電所にも人を置く。そして施設の非常用電源にも——いや、施設の非常用電源には人を置くまい。最終防衛戦は施設外にある変電所だ。

R・リューの仲間は小隊規模、四十人前後。恐らく分隊方式でわけているから三分隊。

一分隊をこちらに向け、拠点である変電所に残りを集めるだろう。

施設から十六キロ離れたそこにたどり着き、「爆発」を引き起こせばこちらの勝ちになる。

自分たちが突破された時を考えるはず。

だとしたら、「先手必勝」と「一撃必殺」しか手が無い。

彼方から、微かなエンジン音が聞こえ、暗視装置によって映された、出雲の白黒の視界に色が戻ってくる。

正確には全てが灰色の階調に過ぎなかった世界が、ちゃんとした色を伴って認識される。

「この辺で停まれ。鼻先は北に向けろ」

出雲は全ドライバーに無線で命じた。

暗視装置の視界は、しっかりとした、青白い光の構成物だと認識出来た。

敵が来る。

出雲はスマホを窓から投げ捨てた。

最後の防弾ベストを窓からぶら下げて、ガラスを上げる。

自分の八九式改はシートの上に置き、暗視装置の倍率を無倍率に変更してから、膝立ちになると、席の横にある「荷物」を精一杯背中を丸めて組み立て始める。

「見えました、十二時の方角！　あちらは四台です。距離およそ三〇〇〇！」

助手席の友利が車を見つける。

同じ方角を出雲は観てみたが、ヘッドライトをつけていない、ゴツい、アメリカ製と思しいSUV車が四台、畑を踏み荒らしながら、こちらへ向かってやってくる――間違いなく敵だ。同じ様にヘッドライトを消して、標的にされることを避けている。

「荷物」の組み立てが終わった。

「よし、村松、まっすぐ行け、速度を落とすな」

「チキンレースですな」

「そういうことだ、ルーフ開けてくれ……総員、散開！」

胸に下げたデジタル無線に叫ぶと、出雲は開き始めたルーフトップから「荷物」を持ち上げつつ、半身を乗り出した。

後続していた二台がブレーキを踏んで距離を置きつつ、畦道《あぜみち》へと入る。

出雲は、それの本体についた三脚の二本のみを伸ばして、長さを調節し屋根いっぱいに広げて固定し、肩に担ぐ。

自衛隊の制式装備、〇一式軽対戦車誘導弾。

別名「マルヒト」で自衛官たちの間では通っている。

防衛装備庁が次世代装備と、武器輸出三原則が緩められるであろう後の状況の検討のため、現在配備されている一〇七三基《セット》とは別に発注され、廃棄される予定だったものだ。

最大射程距離は二五〇〇メートル。

暗視装置を跳ね上げ、照準器の電源を入れると、みるみる相手との距離が縮まってくるのが判る。水平射撃に適した、低伸弾道モードを選択。

相手の車はフォード・エクスプローラー。

あちらもルーフを開けて、分隊支援火器《ミニミ》らしいものを構えているが、真ん中の一台だけ、出雲と同じ動きで何かを、重そうに担ぎ出した。

形に見覚えがある。

ＦＧＭ‐１４８・ジャベリン歩兵携行式多目的ミサイル。

無頼な存在同士、考えることは似るらしい。

「遭遇戦チキンレース、ってとこか」

獰猛《どうもう》な笑みが出雲の口元に浮かぶ。

相手も、出雲の担いでいるものの正体に気付いて、ギクリとなるのが見えた。

暗視装置に覆われていない、アフリカ系の下半分の顔、口元が、強張《こわば》るのが判る。

この一発で互いの全てが決まる。

一瞬でも早く感情を制御し、狙いをつけ、ロックオンしてトリガーを引いたものが生き残る。

出雲は慎重に、しかし素早く照準を操作する。

相手も同じくやろうとしたが、がこん、と道を無視して突進してきたフォード・エクスプローラーは平畝《ひらうね》が続いていた畑を通り過ぎ、畦道に乗り上げた後、畑と畑の間に張り巡らされた水路の中にタイヤを落とした。

ドライバーは瞬時にハンドルを切ったらしく、そのまま水路に填《は》まることはなかったが、一瞬、ジャベリンの射手が上を向いた。

出雲にとって〇一式軽対戦車誘導弾を扱うのは、初めてでは無い。

操作マニュアルは頭の中に叩き込んであった。

エンジンの熱源をロックオンする。

「村松、回避！」

叫びながら出雲は、トリガーボタンを押した。

反動で身体が軽く後ろに押される感覚。ミサイルが点火され、あとは誘導装置の機能のまま、真っ直ぐジャベリンを撃とうとした一台へと吸い込まれた。

空になった高価な発射装置を放り出し、出雲は車の中に戻ると、素早くシートベルトをつけた。

かちり、とシートベルトの金具が嚙《か》み合ったのと同時に、爆発の閃光《せんこう》が夜空を染め、衝撃波が畑の作物と、周囲の草と木々をなぎ倒す勢いで揺らした。

どす黒い煙が血管のように走る真っ赤な火球が地面から夜空へ立ち上る。

ミサイルが当たった一台は完全に吹き飛び、併走していたエクスプローラーが一台、巻きこまれて高々と舞い上がって、畑に鼻面から突き刺さると、フロントグラスへ乗員たちが頭をぶつけ、真っ白に砕けるのが見えた。

古橋と曾我のハリアーは、距離を空けていたために回避運動に余裕があった。時計回りに迂回しながら、なんとか爆風をやり過ごしている。

出雲のハリアーは衝撃波に揺さぶられながらも大きく右へハンドルを切り、停めてあったトラクターにぶつかってスピンしながら、ビニールハウスへと飛びこんだ。

出雲の身体は既に車内に戻っていたが、それでも身体中があちこちに打ち付けられた。

ようやく停まった。

なんとか頭を窓や天井に激突させることは回避出来たが、それまでに十分過ぎるぐらい身体がシェイクされていた。

息がつまり、心臓が破れそうだ。

だが、まだ生きている。

生きているうち、世界に色がある間は、戦い続けねばならない。

あの日、妻の遺体の前で、そう決めた。

出雲は震える指先で、シートベルトを解除し、銃を摑んだ。

ビニールハウスの作物を蹴散らしつつスピンし、その半ばほどで停まったハリアーから、出雲はドアを肩で押し、地面に転がり落ちるようにして外に出、なんとか膝立ちで八九式改を構えた。

息が上がっているが不思議に疲労感はない。アドレナリンの魔力だ。

軽い目眩《めまい》と共に首が痛むが、それでもまだ戦えると確信する。

構えた八九式改を、改めて視認でチェックしてみたが無事だ。

銃身が曲がっていたりする異常は見られない。

先ほどの爆発の炎で十分明るいので、暗視装置を跳ね上げた。

八九式改を、左手を伸ばしてフォアグリップ先端近くを強く握り、軽く膝をまげた状態で構え、周囲を警戒しつつビニールハウスの外へ出る。

先頭の二台を吹き飛ばしたからと言って、残り二台が逃げ去って終わるとは思えない。

敵の残り二台は、大きく迂回しながら、こちらへ銃撃を仕掛けてくるに違いない。

案の定、彼方に見えた。

暗視装置を下ろし、倍率を上げて探してみると、左手奥をがたごと揺れながら方向を転じ、反時計回りにこちらに向かってくるエクスプローラー二台の姿が見つかった。トップルーフから、先ほどの爆発で頭の無くなった死体を放り出し、自衛隊でも使用してるミニミ軽機関銃の改良版、Ｍｋ48が無事かどうかをチェックしている。

爆発と爆風の効果範囲内にあったものの、二台ともわずかに側面のガラスが割れ、ドアがひしゃげているだけで、走りっぷりがビクともしないのは、アメリカ製車両の頑丈さもさることながら、それ以上に防弾装備が施されているからだろう。

チェックしてＭｋ48が無事なら、あれを使って撃ってくる。

「村松！」

「大丈夫です、この……くそ、なんで萎《しぼ》まないんだ！」

何故か萎まないエアバッグをナイフで切り裂いて、村松もまた車から降りる。

「車は駄目です、さっきトラクターにぶつかって色々イカレました！」

村松は血の混じった痰《たん》を吐き捨てた。

「あーくそ、口の中切っちまった」

「友利！」

「無事です！」

華奢《きゃしゃ》な友利が、同じくシートベルトをもどかしげに外し、転げ落ちるように助手席から出てくる。こちらのほうはちゃんとエアバッグが機能後に萎んだらしい。

ふたりとも、武器は手放していなかった。

(自衛官だな、やっぱり)

出雲の口元がわずかに緩む、がすぐに引き締めた。

「ふたりとも散開しろ。敵には狙撃手がいる。どこかで狙ってる可能性もある」

「了解!」

村松と友利の声が重なる。

「曾我、古橋、走り続けろ!」

出雲は無線機に叫んだ。

「停まるな! 俺たちはここでお前等をバックアップする!」

言って、出雲はハリアーがぶつかって、駐車した場所から僅かにズレただけの、トラクターのエンジンのある前輪部分を盾に八九式改を構えた。

安全装置を解除する——薬室にすでに第一発目は送りこんである。

後ろで村松たちが装塡棹を引く音がした——二年のアフリカ暗黒街での生活をした出雲と、未《いま》だにまっとうな自衛隊員である村松たちの違いだった。

距離は四〇〇メートル。

相手がこちらを見つけてまっしぐらに来る。

一台は更に反転して、後ろにつこうとした古橋と曾我のハリアーを迎撃するべく走り出した。

甘木たちは窓から八九式改を突きだしているのだろう。八九式の銃火がパリパリと煌《きら》めき、そこへ7・62㎜を使う、Mk48の重い発射音が重なる。

間に合わせの防弾装甲が飛び散る。

こっちへ突っ込んでくるエクスプローラーの屋根で、Mk48を構えている奴と目があった。

彼方で、最初の爆発に巻きこまれ、畑に鼻面から突っ込んでいたエクスプローラーから漏れていた燃料が引火したらしく派手な爆発を引き起こし、明かりを添えた。

顔全体を覆うフルマスクの傭兵《ようへい》——R・リュー。

相手はまだ撃たない。

Mk48の有効射程距離はアメリカ軍によれば点を狙うなら六〇〇メートル、広範囲なら八〇〇メートルとされている。

エクスプローラーのヘッドライトが点灯し、閃光の中、Mk48が発砲を開始した。

着弾があっという間に近づき、出雲の盾にしていたトラクターを震わせる。

頑丈そのもののボディとエンジンブロックが出雲を守ったが、みるみるエクスプローラーが近づく。

背後で村松たちが発砲するが、案の定防弾加工を施したエクスプローラーのあちこちで火花を散らせるだけだ。

フロントグラスにも数発当たるものの、貫通出来ない。

Ｍｋ48は明白に出雲へ集中していた。

出雲はタイヤの陰に真っ直ぐ身体を横たえて銃を抱えて身を縮めた。

こうすれば、エンジンブロックに加えてタイヤシャフトとホイールが彼を守る。

（相手がＭ２だったらアウトだったな）

米軍が一〇〇年以上愛用しているブローニングＭ２Ａ重機関銃は五十口径で、恐らくこのトラクターでも、直撃に数発耐えればいいほうだろう。

だが最初はあちこちに散っていた弾丸が、次第にトラックに集中し始め、ヘッドライトの光も強まってくる。

心臓が「死」を察して早鐘を打つ。銃弾が身体を掠《かす》め、その度にじっとりとした冷たい汗の珠《たま》が、だらだらと背中を流れ落ちていく。

どうやら、相手はこのまま出雲を釘付《くぎづ》けにしたまま突進して、トラクターごと弾き飛ばすつもりらしい。

出雲は賭けに出た。

手足を縮めると一気に伸ばすようにして立ち上がり、トラクターの陰から飛び出す。

ヘッドライトが、出雲の顔を照らす。

横っ飛びに飛んで、転がった。

転がって、畑に水を引くための、コンクリートで出来た水路の中に転がり落ちる。

幅二メートル弱、深さは二メートル、水深は八〇センチもない——恐らく、ここが水路としての本流なのだろう。

真っ暗な中、出雲は足先からおちて、着地の衝撃を吸収すべく一旦転がった。

五点着地と呼ばれる、爪先で着地しつつ、身体を丸めて地面に転がりながら、臑《すね》の外側、尻、背中、肩の順に着地するという、パラシュート降下で使うやり方だ。

水の中に顔を突っ込む。

水の冷たさが、戦闘による命がけで体温の上がりきった身体に、気持ちよかった。

(そういえば、アメリカにはこういう水路はないんだったな)

水の中で一瞬、出雲は思った。

スプリンクラーや放水車による水やりはあっても、水路をわざわざ引く、ということは何故か、アメリカの場合はないらしい。

理由は何処かで聞いた覚えがあったが、忘れた。

立ち上がり、水路の縁に銃を構える。

エクスプローラーが出雲を見失って蛇行しているのが見えた。

まだ十発ほど残っている弾倉を、新しいものに取り替え、こっちから撃ってみる。

たちまち、屋根の上のR・リューがこちらに視線を向け、同時にMk48の銃口を向けた。

相手と目線が合った。

出雲の中で、異様に時間がゆっくりと流れる。

指が動いた。

照準が自分の体軸と、視線と一致する自覚がある。

たん、と反動が軽く肩を蹴った。

R・リューの指は、まだ引き金を落としていない。

フルマスクの、眼と眼の間に、5・56㎜の穴が開くのを確かに確認して、出雲は再び水路の中に、壁ギリギリに背中を押し当てるように隠れた。

エクスプローラーの巨体が、出雲の隠れた数メートル後方を、速度を上げて水路を飛び越そうとして、後輪が落ちた。

そのままバランスを崩し、仰向けになりながら水路の上に転がった。

屋根がひしゃげ、フロントグラスが割れる。

ルーフトップからR・リューの死体が水路の内壁にぶつかっておかしな格好のまま

転がる。

車の中、上下逆になったアフリカ系の兵士と、助手席のイタリア系兵士のうめく顔面に、出雲は遠慮なく、八九式改の残弾をフルオートでぶちこんだ。

☆

水路から這《は》い上がると、古橋と曾我のハリアーが横転して、四人がよろよろとこちらへやってくるのが見えた。

パトカーのサイレン音が聞こえる。

同時にヘリの羽音まで近づいてきた。

空を見ると、漆黒の、アグスタウエストランドＡＷ１３９が、こちらに着陸しそうな勢いで近づいてくる。

いや、あれは着陸するつもりだ。

「隊長！」

新手かと思って八九式改を空に向けようとする村松へ、

「撃つな、味方だ！」

出雲はいい、同じことを無線を通じて古橋たちにも怒鳴った。

エクスプローラーの残骸があげる炎に照らされて見える、AW139の真っ黒な腹に白文字で書かれた機体番号はJA13MP。

JAではじまりMPで終わる機体番号は、警視庁所有のヘリだ。

だが、警察ヘリ特有の青と白を主体とした爽やかなカラーリングではなく、真っ黒なカラーリングなのが異様だった。

ヘリが降りてくる。

凄《すさ》まじいエンジン音と風圧に出雲たちは腕で顔を庇《かば》った。

飛んでくる小石や土煙は凄まじい。

ヘリは地上一メートルの所でホバリングし、横っ腹のドアが開いた。

「こっち!」

ヘッドセットをし、上着を脱いでブラウスにホルスター、肩にはスリングで吊《つる》した、五十発装塡のドラム型弾倉に、伸縮式銃床、長距離照準器を装着したH&KのG3A1、という出で立ちで、荻窪冴子がメガフォンスピーカーを使って怒鳴った。

「特急便で送ってあげる!」

縄梯子《なわばしご》が降ろされた。

出雲たちが素早く機内に乗り込むと、ヘリは航空法を無視して、全ての機影を隠すために外部ライトを消し、上昇する。

ヘリが飛び立つころに、ようやく最初のパトカーが現場へ続く私道へ降りていくのが眼下に見えた。

旅客機でもない限り、航空機の中で通常の手段で会話は出来ない。

冴子は乗ってきた出雲たち全員に、通話用のヘッドセットを渡した。

「どういう風の吹き回しだ？」

「予算が余ったのよ。だからあなた方を特急便で送り届けてあげるわけ」

出雲の問いに、冴子は無表情に答えた。

「たすかる、あそこからヒッチハイクは難しそうだからな」

珍しく冗談を言う出雲に、冴子は目を丸くしたが、すぐに表情を戻し、

「で、変電所まで送ってあげるけど、着陸は出来ない」

「判ってる、人数分のロープとラペリング機材を積んであるんだものな」

出雲は機内に積まれた七本のロープとロープ降下——ラペリング用の金具類を見て頷く。

「変電所にいるのは二個分隊、あなたたちの三倍近い人数だけど、どうするの？」

「やるべきことをやるだけだ……村松、古橋、甘木、持って来てるか？」

「はい」

三人はそう言って背中に背負っていたバッグから一・五リットルペットボトルほど

の大きさの金属筒を取り出した。

「それ、何？」

「炭素ケーブルを繊維状に粉砕したものと短く切ったワイヤー、あとはC4と起爆装置をマゼコゼしたものだ」

「聞いたことあるわ……停電爆弾《ブラックアウトボム》ね？」

変電所などの電気設備というものは、一般で思われてる以上に頑丈に出来ている。

だが、電導性の高い、細長い炭素繊維のワイヤーを、爆発と同時に、大量に周囲に放出するこの爆弾は、発電所から送電施設や電線路など電力系統の絶縁を失わせ、安全な電力機能を失わせる能力を持つ。

爆発によって各種機器類に食い込んだ炭素繊維は、これを時間をかけて全て除去しないことには電力供給を行えない――つまり、明日の視察はなくなる。

「自衛隊がそんなものを持ってるなんて……」

冴子が眉をひそめた。非合法手段の塊の「ゼロ」だからこそ、自分たち以外の存在が、合法と非合法の、すれすれな武器を所有していることに、納得がいかないらしい。

「一応、非殺傷兵器に分類されるからな。バレなきゃ何の違反にもならない」

出雲は軽くそれをいなした。

「……中に突入して、然《しか》るべき箇所にコイツを仕掛けて離脱する」

出雲は平然といい、そして部下たちに命じた。

「ラペリング用意！」

全員が装備をテキパキと装着していく。

「隊長、総員準備、完了しました！」

村松の言葉に出雲は頷き、

「総員、着剣」

全員が頷き、腰の鞘《さや》から銃剣を取り出して八九式改の銃身下に装着した。

「変電所です！」

ヘリのパイロットからの声。

「警察に捕まらないでよ？　そこまでは面倒見切れないわ」

「こう見えても、こういう任務についてる連中だ」

出雲は鮮やかに微笑んだ。

「そこまで君らに迷惑はかけないさ」

ヘリがホバリング体勢に入り、冴子はドアを開けた。

ロープが左右に二本ずつ垂らされる。

変電所の周辺から銃撃がはじまった。

だが、アサルトライフルでは、上空の標的に当てるのは難しい。

ましてヘリの起こす猛烈な風は、弾丸の直進性を損ねる上に、射手自体の視界や、姿勢の安定性も揺るがす。

地上兵力に対する航空支援や空からの突入が、圧倒的に有利になるのはこのためだ。

冴子はむすっとした顔で、引きっ放しの位置に固定したG3のチャージングハンドルを叩いて装弾した——元は、バブル時代に押収された、ヤクザの持ち物である。上に乗せた長距離狙撃用の光学照準器と五十連ドラム型弾倉は、冴子の私物だ。

「ひと弾倉分は援護してあげる」

「ありがたい」

出雲は礼を言うと、殆ど落下するような速度でヘリから最初に降りていった。

「では荻窪捜査官、ありがとうございます！」

村松、友利、甘木が冴子に敬礼し、それに倣う。残り三人も同じく冴子に敬礼してから降下を始めた。

「……まったく、本当にいかれてるわ、あなたたちは」

呟いて、冴子は落下防止用に、腰から機体フレームに繋がるベルトの長さの確認をしながらG3を構え、フルオートにセレクターを合わせると撃ちまくり始めた。

ボディアーマーに覆われた部分を避け、首元を狙う。

たちまちのうちに五人ほどが倒れた。

まさか空から来るとは思わなかったらしい三十人近い傭兵たちは、それでも歴戦の強者らしく、冴子を狙うものと降りてくる出雲たちを迎撃する者に十秒で分かれた。出雲が最初の一人の頭を撃ち抜いたのはそれよりわずかに早い。

「上昇して！」

冴子が最後に古橋が地面に降り立つのを確認してパイロットに命じた。

その背後で村松たちが次々と発煙筒を焚いた。

ヘリの起こす風向きも味方して、みるみる地上が煙に覆われていく。

「これじゃ、支援できないじゃない」

口をへの字に曲げて冴子は呟き、スコープを覗き続けた。

煙の彼方に見え隠れする敵の姿を見つけては撃つ。

やがて、ドラム型弾倉が空になって排莢口が開きっぱなしになった。

「……」

それでも冴子はスコープを覗き続けたが、煙の彼方に、出雲が敵兵の懐に入り、あっという間に八九式改の銃剣で相手を滅多刺しにして、煙の中にまた消えるのを見て笑みを浮かべた。

「あれなら、大丈夫そうね――引き揚げて！」

「了解」

ヘリのドアを閉めて、冴子はシートに座ってシートベルトを装着すると、小さく微笑んだ。

変電所で爆発が起こり、日本政府のスマートシティ実験場「タカマガハラ」において、突如電源が停止したのはその三十分後のことである。

だが地下にある蓄電システムと発電機の連動により、システム自体は無休で動き続け、アカツキエレクトロニクスの技術者たちは、大いに面目を施した。

▽エピローグ・複合要因

☆

三日後、キリアン・クレイは筑波のスマートシティ実験場「タカマガハラ」に再び赴いた。

今日は、天井に据え付けられたスプリンクラーから雨が降っている。

見学中止の「お詫《わ》び」という日本側の心情に配慮した、アメリカ大使館側からの訪問、という形だった。

「幸い、電源が落ちただけのことですからすぐに復旧しました。実質停電は0・2秒ほどでしょうか」

前回もキリアンを案内した「タカマガハラ」の技術者が、傘を持って歩きながら説明する。

「何しろここの地下にも発電装置と蓄電システムがありますから」

通行人役として雇われた臨時雇用の社員たちが、赤信号に引っかかることなく、おっかなびっくり歩き回っていく中を、相変わらず無人の車が走り、軽やかな音楽が流れる。

変電所への爆弾テロは、日本のスマートシティへの海外からの注目と、その優秀さを逆証明する形となり、関連事業会社の株価が上がるという皮肉な結果となった。

街中にR・リューとその部下たちが設置したはずの、爆弾やセンサー類は、当然のごとく跡形もなく撤去されていた。

そのことを、技術者は知っているのか、いないのか。前回と同様にこやかに案内して廻る。

今回は裏路地も見せてくれた。人と人とがすれ違うのがやっとという裏路地とそこに大抵置かれているエアコンの室外機が起こす都市部の温度上昇現象《ヒートアイランド》をいかにしてコントロールしていくか、スマートシティ内の温度管理湿度管理、そして完全外出無しのロックダウン下での、ストレスの軽減のためのプログラムなどの話だ。

通商使節団がここに来られなくなったことを技術者は嘆き、キリアンたちが爆弾テロに遭わなかったことを言祝《ことほ》いだ。

「すみません、お願いがあるのですが」

「昇進失敗おめでとう」

にこりともせず、出雲は言った。

「痛いことを言うね、君は」

苦笑しながらキリアンは鼻の脇を掻く。

キリアン・クレイは今回の任務の失敗により、本国に召還される……出世ではなく、査問委員会にかけられることになっていた。

「で、なんで俺を集中して狙った？」

「R・リューは二人の名前だ、と言っただろう？」

「ああ」

「親のセンスで、二人ともRのつくリュー家の人間だったのさ。君に今回撃たれて死んだのは、兄のロバート・リューのほう。四年前君が殺したのはローザ・リュー。ボクの恋人だった」

「結婚していただろう？」

「彼女とは形だけだ」

「なるほど、だからリューのふりをして、わざわざ下手な狙撃をしに来たというわけか」

「――何故判った？」

キリアンは怪訝な表情をした。

「最初は殺したR・リューの目の色だ。俺が最初に見た奴の色と違ってた。あとは資料を取り寄せた」

出雲の答えは簡潔だった。

「R・リューは二人の名前から由来するPMCの名称だが、どっちのリューも前衛《アタッカー》で、後衛《バックアップ》で狙撃をするタイプじゃない。実際、俺とやり合ったときも、Mk48で真っ正面から突っ込んできたよ——あとはお前の位置情報だ。この国にも『スティングレイ』はある」

「スティングレイ」とはアメリカで作られた携帯電話の通信を傍受、解析するための装置だ。携帯の電波基地局そのものの機能を代替し、標的とした携帯電話の、全ての情報にアクセスできる。

「やはり僕もアタッカーでやるべきだったな。どうにもIPSCでのライフル競技では成績が良くなくてね。一度狙撃で君のような大きな獲物《ビッグゲーム》を仕留めてみたかった」

キリアンの眼は酷く卑しい輝きを宿した。人の皮がぺろりと剥がれて酷く無残な生き物が顔を出す——爽やかな好人物の、これが素顔なのだろう。

出雲の表情は変わらない。

「自国の植民地みたいなものだから、ということで油断したな。お前の位置はバレてた。あとは動きだ——病院近くの監視カメラに残っていたお前の歩き方と身長とプロポーションの微妙な差異が一致した」

「歩容認証システムか——ハイテクジャパンは、滅びたわけじゃなかったんだな。まあこの街を見れば明らかだが、くそったれ《ダムン・シット》」

吐き捨てるようにキリアンは言った。

「残り香ぐらいはまだある」

「ボクの父は、そのハイテクジャパンのせいで失業して首を吊《つ》った——滅びればいいんだ、こんな国」

出雲への憎悪は愛人を殺されたことばかりではないらしい。

国家より大局より、自分の憎悪という感情が最優先。

この徹底的な自分主義《ミーイズム》が、公務員という職、しかも理性を要求されるCIA職員でも剝《む》き出しになるのが、アメリカ人らしかった。

「で、どうする？」

出雲はゆっくりと後ろ向きに数歩下がった。

距離は五メートルほど。

「お前をこの国の司法機構は逮捕できない。だが、お前も俺を殺さないで本国に戻るのは嫌だろう？」

「嬉《うれ》しいね。アメリカ人なら決闘、ということか」

五メートルの距離は、もっとも撃ち合いが起こりやすい距離であり、大昔の貴族同士の銃による決闘においても、もっとも平均的な距離でもある。

「あと一分でここはアップデートと定期メンテナンスに入る……監視カメラもマイクも、全ての記録が止まるし、ここへは誰も来ない」

「なるほど。銃声はどうする？」

「生き残った側が考えればいい」

出雲は片手を腰の後ろから出した。

「そうだな」

キリアンが頷く。

やがて、メンテナンス開始のカウントダウン三十秒を告げる、館内放送が鳴り響いた。

『──あと二十秒』

人工の街で、ふたりが対峙する影を、天井からの照明が映す。

『あと十秒』

キリアンの右手の指先がぴくりと動いた。

出雲は彫像のように立っている。

『メンテナンス開始します』

言葉の最後がまだ空気中に留まっている瞬間、キリアンの右手が動いた。装塡されていた銀色のM627PC・3インチが、出雲の心臓から腹部へめがけ、357マグナム八発を一瞬で撃ち尽くした。

何かが自分の前を横切っていると気付いた時、キリアンと出雲の間に、不意に現れた無人配達用の電動スクーターが、背の高い荷台――ちょうど、出雲の心臓の位置――に、銃弾を食らって倒れる。

動かなくなった街の筈なのに。

慌てて身を翻し、路地に飛びこもうとしたキリアンの背後に、音もなく出雲は襲いかかった。

ホーグのコンバットナイフをその背中に、右肩胛骨の内側に叩き込む。

キリアンは悲鳴を上げげた。

出雲は素早く引き抜いたナイフを、よたよた歩きになったキリアンの右の大腿《だいたい》側面に突き刺す。

刺したまま出雲がナイフから手を離すと、ジタバタとキリアンは出雲から逃れようとして転倒し、ずりずりと路地に血を滴らせながら逃れようとする。

脚に刺さったナイフを引き抜かないのは、出血が激しくなるのを知っているからだろう。

「くそ、なんでだ、なんであのバイクが動いた？」

振り向いて、キリアンは真っ青な顔で聞いた。

「R・リューの仲間が一人だけ居残りで、ここの監視室にいてな。面白いものを残していった——ここのクラッキングプログラムと、お前のものも含めた使節団の歩行データ、そして行動データだ」

淡々と、出雲は答えた。

「あとはお前の抜きそうなタイミングに合わせて、防弾ベストを荷台に詰めこんだスクーターを走らせた——警察のサイバー犯罪課にも、腕の立つ奴はいてな」

「貴様……」

「お前の腕は知ってた。俺はいつ死んでも、誰に殺されても構わんが、お前にだけは御免だ」

出雲は腰の後ろからSIGP210Aを抜いて撃鉄を起こした。

「くそ……」

キリアンは身体を丸める。

「助けてくれ、助けて……」

怯《おび》えきった表情で出雲を見上げた。

キリアンのズボンの裾に、当人の左手指がかかった。

天上へ去ろうとする神の裾にすがる信者のように、キリアンの指が自分のズボンの裾を握り締め、ずるずると引き揚げ……。

一瞬、さっきと同じ速度で、キリアンが足首につけたホルスターから銃を抜く。

出雲のSIGP210Aの銃弾が、キリアンの顔面に撃ち込まれた。

路地に銃声と共に、血と骨と死と火薬の匂いが充満していく。

出雲はそのままスライドが後退したまま停止するまで、全弾を撃ち込んだ。

もはや残骸と化したキリアン・クレイの手から、S&WのリボルバーM&Pボディガード38が落ちる。

出雲は石の仮面のような無表情のまま、SIGの空になった弾倉を抜いてポケットに収めると、腰の後ろのホルダーから抜いた新しい弾倉を叩き込んだ。

スライドストップを解除して、初弾を装填、撃鉄を元に戻すと、出雲は死体に背を向けて歩き出した。

路地の出口から荻窪冴子の部下たちが小走りに現れ、部下たちがキリアン・クレイの死体を死体袋に詰め、飛び散った血や肉の破片を回収し始める。

「派手にやってくれたわね」

立ち止まって部下の動きをみながら、冴子が出雲を怒った顔で見上げる。

「気にするな」

　R・リューの部下が残したハッキングプログラムによって、表向きはプログラムメンテの影響で、この街の人間は、みんな防音設備の中に閉じ込められてるか、急にボリューム調整の利かなくなった店内BGMによって、三分間は耳を奪われ、銃声を聞いていない。

　かくして、キリアン・クレイは任務失敗で出世の望みを失い、失意の余り行方不明になる——あとで「ゼロ」が作った失踪を匂わせるメモが見つかる予定だ。

　日本政府は、

「何故キリアン氏が消えたのか、さっぱり判らない」

　という顔をするだろう。

　CIAも、キリアンが任務を私事に利用していたことは気付いている。恐らく、こちらの用意した筋書き通りにして納め、また何事もなかったかのように国交は続く。

　——これは藤井寺陸将も牧副理事官も、共通の見解だった。

　彼らは彼らなりに、そういう調査と、裏工作をしたらしかった。

「復讐《ふくしゅう》は冷めたほうが美味しい料理、って聞くけど、どうだった？」

　皮肉そのものの冴子の問いに。

「味なんかない。やるべきことが一つ終わったというだけだ」

素っ気なく言って、出雲は懐からスマホを取りだし、電話をかけた。

今朝、冴子から教えて貰った番号……熊谷咲良《さくら》の新しい番号だ。

「元気か。俺だ」

咲良が電話の向こうで息を呑む。

出雲はさりげなく、服の上から妻の遺《のこ》した指輪に触れた。

キリアンとの決着より、今から少女に告げることのほうに、より強い決断と冷静さが必要だったからだ。

「お父さんと君の家族を殺した奴らは罪を償った——全員だ」

咲良は沈黙したままだ。

「全員、死んだ。だから君は前を向いて生きろ。お父さんやお母さん、弟さんたちの、良かった思い出だけを抱きしめるんだ——いいね」

そして、相手の返事を聞かずに電話を切る。

冴子は片眉をあげた。

冴子の部下たちが、全ての作業を終えたとハンドサインを送る。

穴の開いたスクーター以外、血痕も肉片も、なにも残らなかった。

ＤＮＡと血痕を完全分解した、微かな漂白剤の匂いは、やがて薄れるだろう。

「これから、酷く長い付き合いになりそうね。面倒ごとも多そうだわ」

溜息交じりに皮肉を込めて冴子が言うと、

「面倒ごとは当たり前だ」

三輪出雲の口元に、穏やかな笑みが浮かんだ。

「俺たちは醜《しこ》の御楯《みたて》だからな。酷使されて面倒ごとに巻きこまれるのは当たり前だろう？」

「醜の御楯、ねえ……」

「そう、醜の御楯だ」

予定より三分オーバーして街が復活した時には、すでに三輪出雲も荻窪冴子とその部下たちもアメリカ人の死体と、破壊された無人スクーターともども、姿を消していた。

数時間後。

「タカマガハラ」を管理する、アカツキエレクトロニクスの職員たちは、キリアン・クレイの失踪よりも、シャットダウン中の施設内の有線音楽のボリューム調整が何故行えなかったのかの説明をどうするか、と無人誘導スクーターの「紛失」に頭を悩ませることになる。

この事件から一年後、「タカマガハラ」は政府の決定で「税金減収による削減事業」に仕分けされ、閉鎖されることとなった。

三輪出雲と、５１０臨時特別行動班はまだ、生きている。

※作者注・統合幕僚監部付きの書記官、という役職は実在しません。

※官公庁設定監修・西塚匠

―――本書のプロフィール―――

本書は、小学館文庫のために書き下ろされた作品です。

小学館文庫

国防特行班《こくぼうとっこうはん》E510

著者　神野《かみの》オキナ

二〇二一年一月九日　初版第一刷発行

発行人　飯田昌宏
発行所　株式会社 小学館
〒一〇一-八〇〇一
東京都千代田区一ツ橋二-三-一
電話　編集〇三-三二三〇-五九五九
販売〇三-五二八一-三五五五
印刷所 ―― 中央精版印刷株式会社

ISBN978-4-09-406866-5